AF492543

El Destino Del Azar

© Torres De Lara

Kindle Direct Publishing

Paperback edition 2022

Torres De Lara

EL Destino Del Azar

Para a aquellos que desde el infierno ven un trocito de cielo

Prologo

Donde el conocimiento no fue adquirido, ni otorgado, en un diploma.

No obstante hice carrera con doctorado en las calles, hogar y refugio de los plebeyos, autodidacta logre todos los objetivos.

Como dice el refrán antes de juzgar ponte en sus zapatos para mirar desde otro prisma que no sea el de tus ojos, escucharas su respiración, sus latidos, su silencio y quizás comprendas el duro camino recorrido.

<u>Entreacto</u>

Saboreo el dulzor de los tragos amargos, de los que emanan recuerdos que el tiempo paralizó, dejando anhelado al olvido en un desierto congelado; historias clavadas en el alma, en una lucha continua por entender la respuesta que el orgullo devoró en un pozo seco, desbordado de lágrimas que nunca derramé. Siempre me refugié en un caparazón de hormigón, que contenía los «lo siento» y los sentimientos perdidos en un laberinto de espino: un solo camino conducido por dos, donde gota a gota solo uno se desangró. Con todo el verbo ser me amaron y fue recíproco; las amé con todo mi ser, con promesas que resbalaron a los oídos de los dioses. Ellos condenaron nuestra imprudencia de prometer en el momento en que nos olvidábamos en otros brazos.

Olvidos de mis recuerdos, que enterraban corazones. Sepultaban mi dolor mientras su dolor me enterraba a mí; una balanza que se declinó por inmerecidas victorias, tristes derrotas, frustrantes empates.

No fui como me dibujaron las medias tintas contadas en juicios a los que no me presenté. Me sentenciaron a un papel que me condenó como el cruel. Mi frialdad era el espejismo de interpretar la indiferencia con una sonrisa dibujada en la cara, encubriendo un alma que moría golpe a golpe. Acepté el castigo de echarme al foso de los leones, con la cabeza alta.

Aguanté que me devoraran, no pestañeé a los latigazos de sus palabras, cuando sus miradas se clavaban para crucificarme, ni a la falacia de bocas ignorantes que me culparon por actuar en una función, donde ellas y yo interpretamos detrás de un telón que nadie vio.

No fui el mejor por todo el amor que desperdicié en copas de medianoche, por el daño que causé bajando estrellas muertas para meterme entre sus piernas, por los «te quiero» que falseé sin tartamudear, tan sinceros que hasta la mentira los acreditó; por tener la ilusión de un corazón en mis manos, creando aviones de papel lanzados a su suerte; por brindar con la infidelidad siendo un cobarde para contar la verdad. Destruí a dos y, en ocasiones, a tres. Emergía el arrepentimiento el día después. Por eso, ahora me persiguen pesadillas. Pero es demasiado tarde, por haber saciado mi sed en faldas cortas de piernas largas y perderme en las noches hasta desaparecer.

Doctorado en el amor, sin ningún título otorgado, solo con la experiencia de creer en un último intento y apostar a perder por si ganaba. Aprendí las respuestas sin saber las preguntas, con la firmeza de un pulso que nunca tembló al tomar una firme decisión. Los aciertos acompañaron a mis fallos y redujeron el goteo hasta la última gota de un hilo rojo que se enredó; rompió los extremos de un lienzo en blanco, que recogió las despedidas y pintó el perdón.

Creyendo que lo mejor ya pasó, preferí una vida impar y jugué al azar, perdido en la frase «si pudiésemos ser dos extraños otra vez». Quité un cuándo, esperando un dónde en el horizonte, sin saber si volvería a latir aquello que murió dentro de mí. Tormentos que me persiguen y describen a un ser sin corazón cuando aún latía. Creen que me halagan y dan por hecho mi facilidad de amar, y que olvido el momento en otra cama, sin saber todo lo que sufrí solo porque callaba. No gritaba a los vientos que el amor me había partido en dos el alma. Me di cuenta de que mi equilibrio se resbaló y caí al precipicio de un infierno, donde me coronaron. Cuando necesité el desahogo de un oído, el eco resonó.

La tristeza me inunda, sin volver a pronunciar un «te quiero». Dejó de fluir todo aquello que avanzaba. Los pasos que daba retrocedían. Cada vez que buscaba una verdad, temía más a la mentira. El amor se fue desflorando pétalo tras pétalo. Mi corazón es el abogado en un juicio donde el tiempo fue testigo, el juez es el amor, de fiscal tengo a la traición y un jurado comprado detrás de un telón.

<u>Primer Acto</u>

Amanezco con los primeros rayos de luz que se me clavan en los ojos como alfileres. La garganta seca acompaña a la tormenta de la cabeza por el exceso. Los días se hacen largos. Me he vuelto solitario con el paso del tiempo, que ha hecho que me aparte de todo ser. He vivido casi medio siglo de manera intensa; quizás por lo vivido, dupliqué el tiempo. Ahora, convertido en un huraño que vive en una isla en los confines del mundo, huyo del pasado, olvido el presente y me bebo el futuro.

Vivo en una casa situada en la ladera rocosa de una pequeña montaña con vistas al mar, con hectáreas de encinas; retirado de la poca civilización que hay, es el lugar perfecto para mí. De vez en cuando, bajo a un establecimiento del único pueblo para comprar víveres. A la vuelta, siempre me detengo en un vivero para adquirir lirios azules. En raras ocasiones paro en un pequeño bar a tomar un café aguado junto a un licor casero que hace el dueño. Cuando subo a mitad de camino, me detengo junto a una piedra grande ovalada que emana de la tierra, dejo los lirios a modo de ofrenda a Cupido por darme por perdido. Durante el día, me rodeo de mis demonios: mi angustia, mi ira, mi delirio. Entierro el corazón y siento sus latidos perdidos; la mente bloqueada no es capaz de asimilar la realidad que he vivido. Por eso, cada noche bebo hasta caer rendido para olvidar mis recuerdos y espero a la muerte como invitada de lujo para recitarle mi discurso como colofón final:

«No sintáis pena por este olvidado. Todo lo que hice o deshice fue sin saber que echaba tierra sobre mi propio ataúd. Por irme en mitad de la lucha, sin entender por quién me dejaba la piel, si eran mis ángeles o mis demonios. En cualquier barra que calmara mi sed, destruí todo aquello que construí a los pies de alguna dama, detrás del telón donde solo estábamos ella y yo.

No olvidéis que me tachasteis con crueldad. Ahora rechazo vuestra poca muestra de compasión. Guardaos vuestra hipocresía y recordad que ni fui tan bueno ni tan malo, porque nunca abandoné a un hermano herido. Di mi vida en ello. Me apresaron en un paredón frente a mi pelotón, que no dudó en apretar el gatillo, olvidando toda gesta de valentía que hice por ellos. Dado por muerto y arrojado a una fosa, resucite casi tocando el cielo, que me abrió los ojos. Adentrándome en ellos, vi vuestra alegría y cómo la desgracia la abrazaba al abandonaros en el aquel campo de batalla por la traición de vuestros actos, afirmándola con vuestra palabra. Vuestras almas trazadas vagan sin rumbo, por dejaros ser ángeles ante los ojos de los demás, sin pensar que no hay más diablo que el que susurró en mis oídos sus pecados».

Cuando no voy borracho, dedico el tiempo a un pequeño huerto donde dejo que se seque todo; tengo algo de ganado que pasta libre, a sus anchas, por cualquier lugar de mis tierras convertidas en su casa. Mi hogar es la herencia de un marinero, al que se lo arrebaté en una partida de cartas; un mal chiste de un marinero que avistó tierra firme con una escalera, pero fue un espejismo al lado de un color rojo que lo ahogó.

La vida me golpeo y me doblegó en muchas ocasiones, pero en algún combate yo la sometí. Esos días de victorias los guardo en un baúl bajo llave, con fotos viejas, manuscritos de amores en los que nos juramos amor en la infinidad, objetos que me regalaron, otros que me recuerdan a épocas maravillosas o tristes, un baúl de sentimientos arraigados a mi alma.

Se acerca el atardecer. Sentado en una mecedora en mi viejo porche, voy llenando de Bourbon el vaso resquebrajado para que, cuando la noche llegue, caiga embriagado, intentando que los olvidos de mis recuerdos no se presenten.

La amistad no cuesta ni treinta monedas y sería un lujo que te vendieran por ellas. El ir de frente y vestirse por los pies son películas de antaño, de un cine mudo al que acuden solo unos cuantos. La mentira, agarrada de la mano de la envidia, codicia vidas y destruye todo a su paso. El amor se ha convertido en una farsa y recoge más lágrimas que halagos. Las personas ya no escuchan tu voz, solo leen tus comentarios, caminando como sombras en un bosque sin árboles. Dejan en un segundo plano amaneceres y puestas de sol.

Escribir un poema dedicado a tu amor caducó. Todo está perdido. Confundieron libertad con libertinaje, enterrando la humildad sin compasión. Solo escucho quejas de personas que no aportan nada; son los días grises que veo pasar con desolación, discrepando de la solución de esta vida convertida en un jardín de cenizas, con un cuantos maniquíes que posan entre las ruinas de una conversación de imágenes vacías, donde los muchos se convierten en pocos y aquellos que quedan son de verdad. Los falsos tienen dos caras y una nunca la verás llegar. Lo que menos te esperas viene antes y lo que esperas suele tardar. Antes de agarrar un puñal, mira en tu espalda, que clavado lo verás. La paz con tu mayor odio la lograrás. Hay palabras que el viento se lleva, pero habrá algunas tatuadas en tu alma que quedarán. Las miradas se están perdiendo, pero habrá una que siempre recordarás. Mil noches te enamorarás, y novecientas noventa y nueve mañanas tendrás que olvidar. El amor y el desengaño de la mano van. Trago a trago te emborrachas, pero no todos los borrachos dicen la verdad.

Viendo al sol marchar, lleno de Bourbon mi vaso resquebrajado. Sentado en una mecedora, aprecio el paisaje mientras bebo para sosegar mis recuerdos; recuerdos buenos, recuerdos llevaderos, recuerdos malditos que viven en mis olvidos. La calma que me da este paisaje me llena de una escasa felicidad intermitente. Recuerdo mi infancia, cuando la única preocupación era la de ser un niño.

Vivía muy de lejos de donde estoy ahora, en otra isla, cuyo barrio era humilde, trabajador, con gente cercana y donde todos nos conocíamos. Era un niño avispado, alegre, extrovertido, curioso e inteligente. Mis amigos eran mayores que yo y quizás de ellos aprendí a ser más astuto que los niños de mi edad. Nos pasábamos las tardes jugando, unas al fútbol, otras con un gomero o comiendo pipas en un tranquillo cuando llovía. Si el sol brillaba, nos daba por ir a cazar todo animal que se nos cruzara, como si de una expedición se tratase; aventuras de un grupo de niños que hoy sigo recordando.

Tan joven, ya desprendía matices de lo que sería mi futuro; mientras jugaba, siempre había tiempo para rescatar a princesas de castillos, no tenía vergüenza e iba acompañado de una labia afilada. No sé dónde lo aprendí, creo que nací con ese don de saber en todo momento qué decir, aunque a veces fallara. De niño, tuve muchas novias, inventando un futuro, un amor puro sin ser dañino, sino solo juegos de niños que consumían su tiempo con mucha imaginación.

Crecí entre amigos como un diamante en bruto a falta de que el tiempo lo puliera. Seguí mi camino, condenado a ser maldito desde niño, un trasto que la muerte se intentó llevar en varias ocasiones; pero sucumbió a mis encantos, regalándome más vida cada vez que venía a verme. Decían que tenía un ángel que me cuidaba por el día mientras por las noches el diablo me enseñaba sus conocimientos. Con el paso del tiempo, crecí viviendo deprisa, aprendiendo los matices de un examen con el que me gradué. Recuerdos gratos de mi infancia que esta noche es lo único bueno que acompaña mi melancólica soledad. No sé si es por los tragos de más que llevo o por haber perdido mi vida en estos días.

Busqué a ciegas y encontré los bolsillos llenos de arena mojada en un desierto de asfalto. Me dormí sobre clavos de acero, por almohada tenía enredaderas con rosas llenas de espinas y resbalé por una lija, con una capa de héroe para librar infinitas batallas; encendí una vela sin mecha, que alumbró el día en el que el sol decidió no salir. La locura invadió mi vida, creando una atmósfera que fue siempre surrealista. Volé sin entender el presente, dando pie al futuro que me enseñó el pasado: era un niño que jugaba con el balón a ser un cazador; inquieto, alegre y extrovertido, buscaba princesas en los muros de los altos castillos.

<u>Segundo Acto</u>

Soledad me ha despertado para que le hiciera compañía; se siente más cómoda a mi lado. Sin rechazar su oferta, me dirijo al salón en el que hay una cristalera donde se puede vislumbrar el comienzo del alba mientras preparo un té para dos. De esa manera siento que no estoy solo. Relajado, escucho jazz de Louis Armstrong o Miles Davis. Soledad a veces discute por ver la realidad de mi ausentismo y me regaña por haber estado acompañado tantas veces. Quizás podría tener alguien con quien disfrutar estos momentos, pero el destino del azar me guio hasta aquí, dejando todo a mi paso. Preferí una vida solitaria porque dejé de creer en el amor, en la unión de dos en la pareja. Con los años, convertí manías muy mías hasta el punto de ser un lobo solitario. Tal vez me equivoque y debería dar una nueva oportunidad, pero estoy cansado, desanimado por haber tenido tantos fracasos. Me he acostumbrado a esta vida, donde no espero nada de nadie salvo de la muerte, aunque no fue siempre así.

Entrando en la adolescencia, empezaba un nuevo curso en el que era repetidor. Siempre digo que repetí, no porque me tuviesen manía, sino porque hubo una profesora que se enamoró de mí. Prefiero fantasear con esa idea. En ese nuevo año, donde unos pocos éramos los más ancianos del alumnado, el primer día de clase me quedé asombrado. Recordaba a las niñas, pero en un verano habían dado un gran cambio. La clase se convirtió en mi coto de caza. Eran tantas donde escoger que no sabía muy bien a quién cortejar y las rondaba a todas, a ver quién despertaba mi curiosidad. Como en una partida de póquer, jugabas con las cartas; algunas eran fáciles, pero donde me esmeraba más era cuando me llegaban las malas manos y tenía que ganar.

Una por una fui probando hasta que me tropecé con un hueso duro de roer; ella era inteligencia, una belleza mezclada de ternura, una sola piel enmarcada por la ingenuidad de la adolescencia; era chiquitita, pura de amor. Aunque ya sabía que ella sería mi primer amor, no todo fue un camino de rosas, sino más bien un calvario. Intenté acercarme con mi labia, pero ella rechazó todo intento. Me lo jugué a una carta, pero no gané mi primera batalla. Ella alzó un muro entre ambos, haciéndose inalcanzable. La primera vez que me enamoré tuve que retroceder, tras golpearme una y otra vez contra ese muro que ella levantó desde el mismo odio por haber sido demasiado truhan.

Pero no me vine abajo, me crecí ante la adversidad. Analicé la situación y me convertí en un cazador que estudiaba a su presa. Por muchos intentos que hice por acercarme a ella, me enseñaba los dientes y me hacía retroceder hasta que di la guerra por perdida. Me retiré, me cansé de esperar algo que supe que no llegaría. No fue duro el sabor amargo de la derrota, pues empecé a endulzarlo al dedicar más tiempo a aquellas que sonreían con mis halagos; aunque ninguna fuera de mi interés, pasaba los días alegre, tonteando con una o robándole un beso a otra. Me hacía querer y perfeccionaba mi destreza con ellas, hasta que llegó la Navidad y con ella las vacaciones. No recuerdo mucho de aquellas fiestas, pero, al regresar, algo había cambiado. Esa pausa fue crucial.

A nuestra vuelta, me obligaron a ir a una clase optativa y escogí interpretación, donde esa niña que había robado un poco de mi corazón también recaló. Ella interpretó al diablo y yo a un pobre ángel moribundo. No entiendo muy bien lo que ocurrió entre ella y yo, pero aquel muro se derribó como la nieve se derrite con el sol. Nos acercamos un poco más, intimamos cada día, pero salvando las distancias para que no me mordiera. Una tarde, entre el invierno y la primavera, nos encontramos fuera de clase, en un banco donde me pidió fingir nuestro amor. Me quede atónito. Sin dudar, acepté.

Todo empezó como un juego entre los dos, pero cada vez fingíamos mejor hasta que nuestros labios se juntaron. En ese momento, todo cambió. Me abrió su corazón y yo le di el mío. Nos enamoramos, comiéndonos a besos en cualquier rincón, y las hormonas hicieron el resto. Una tarde en su casa, me preguntó qué quería que me regalase para mi cumpleaños; a esa edad, con la pubertad encima, lo que hubiese querido cualquier adolescente. Dos semanas más tarde, cuando faltaban tres meses para cumplir años, mi regalo se adelantó por petición suya. Recuerdo los nervios previos ante tal acontecimiento, pero eché para adelante y, como un soldado, me dirigí a la batalla de nuestros cuerpos desnudos. La torpeza de nuestra virginidad no fue una aliada, sino un desastre, pero bendito desastre. Sin desistir, con la práctica, fuimos soltando la pasión hasta llegar a ser llamas, una hoguera de amor en aquella cama.

Pero no todo fue énfasis. Descubrimos los primeros celos y los berrinches de dos corazones que se amaban con torpeza. Mezclando la poca experiencia que sumábamos los dos, salíamos del paso y concluíamos en su habitación. Yo fui el primero en tropezar con una línea delgada que separa el bien del mal. Arrojé la primera piedra que nos hundiría. Traicioné su confianza siéndole infiel. Fue algo ingenuo por mi parte y no pensé las consecuencias, aunque solo se tratara de un beso de otra chica que impactó en mis labios. En ese instante, aprendí la palabra arrepentimiento y que nunca hay excusas para esos actos. Aunque pude callar aquel desliz, le fui muy sincero.

Al día siguiente, muy temprano, salí a su encuentro para contarle la verdad; no por miedo de que alguien se lo dijera, porque solo yo y quien me besó sabíamos aquello, pero en mi interior nació un sentimiento de culpa que me inundaba, creando angustia. Le confesé mi traición y ella se entristeció mucho, pero supongo que destacó mi sinceridad porque me perdonó, por lo mucho que me amaba. Pero ese barco se estaba hundiendo por mi curiosidad de descubrir más mundos. Rompí nuestro amor por tener más ganas de probar con otras sin serle infiel. Eso sí le dolió y, por primera vez, vi lágrimas de amor que llevaban mi nombre escrito. Maldiciéndome, fue la primera mujer que por despecho me colocó la corona de diablo. Sin saberlo, dejé a una niña que pocas me querrán como lo hacía ella. No fue un plato de buen gusto ver aquello y sufrí por ser el causante de aquel dolor que veía reflejado en sus ojos, pero era muy joven y seguí mi camino sin mirar atrás.

Andaba con carta blanca, podía hacer y deshacer a mi antojo lo que mis hormonas me aclamaban. Pedían una revolución y ya no tenía que ser fiel. Un par de años soltero, probé la miel de labios que no me ataban. Fue puro aprendizaje pues, sin comprometerme a amar, llegué con muchas hasta el final de las cuatro esquinas. En el instituto, coincidí con mi ex, que en todo aquel tiempo no me habló y me guardaba rencor. Pero así de caprichoso es el destino del azar, que, después de acabar aquel curso, empecé a trabajar mientras mi carrera entre damas evolucionaba día tras día.

Cambié de empresa para trabajar en otra, que me llevó justo debajo de la casa donde vivía mi ex. Yo no había tenido nada serio, solo amores de pétalos de margaritas sin ataduras. Con alguna duré unos meses, pero nada más allá del amor que en su día sentí por ella. Jamás quise ataduras en mis manos, pues, si había roto un amor que se desvivía por mí, no era para entrar en otro.

Entre que abandoné el instituto y un año que llevaba trabajando, sumaban más de dos sin hablar con ella. Pasó un tiempo hasta que nos topamos debajo de su casa. Yo ya había pensado en esa posibilidad, pero tampoco sabía cómo iba a actuar. Ella tenía una relación desde que lo dejamos y parecían felices. Los había visto alguna vez y las buenas bocas hablaban de ellos en mi presencia, pero el día que nos volvimos a ver lo cambió todo. Noté en su mirada un brillo que destacaba. Aunque sus ojos no me hablaran, me revelaron que no me había olvidado.

Transcurrieron varios días sin volver a verla, hasta que, cuando yo acababa de trabajar, ella siempre estaba sola en el tranquillo de su puerta. Nunca nos habíamos saludado y así siguió. Cruzábamos miradas que nos envenenaban con el elixir de volvernos a topar. Un día, di el primer paso, la saludé y le pregunté cómo se encontraba. Horas más tarde, estábamos comiéndonos a besos. Ella estaba mal con su pareja y se veía porque se empezaba a desvivir por mí. Al pasar tantos ratos hablando mientras nos besábamos, nos fuimos encariñando de nuevo. Veníamos más rodados, pero, para mí, seguíamos siendo esos niños que un día se enamoraron. Empezamos a quedar de manera más íntima, dando rienda suelta a lo que creo que nunca desapareció de nuestros corazones. Pero ella seguía con su pareja y llegó un momento en el que no pude compartirla. Le di a entender que era yo o él. Ella zanjó su relación y, siendo un poco villano, le pregunté si había sido fácil. Me contestó que no, pues así lo sentí yo cuando me crucificaste, pero eso ya no importa. Quise darle a entender que a veces amor no es todo lo que hace falta en una relación para seguir hacia delante.

Íbamos de fiesta en fiesta, comiéndonos a besos para rematar entre las cuatro esquinas de mi cama. Fue una época muy salvaje para los dos, viviendo buenos momentos. Recuerdo uno en que ella aún estaba con su pareja, pero nosotros teníamos nuestros encuentros. Coincidimos los tres un fin de año, en una gran fiesta, donde nos dejamos llevar por el alcohol y otras sustancias. No recuerdo muy bien lo que llevó a que ella acabara al alba en mi habitación, a escondidas de su pareja. Nos saciamos hasta bien entrada la mañana, exhaustos, abatidos; nuestros cuerpos desnudos entrelazados dibujaban el énfasis. Pero a eso del mediodía, recibí una llamada de una mujer. No entendí muy bien lo que me estaba diciendo. Creí que se había equivocado y colgué el teléfono, pero volvió a sonar y, para mayor de mis sorpresas, era su madre. Me exclamó que le dijese a su hija que fuese para su casa. Me quedé blanco y, medio tartamudeando, negué la presencia de su hija. Me colgó y aún hoy no me explico cómo pudo saber que ella estaba conmigo ni mucho menos cómo consiguió el teléfono de mi casa. Enseguida la desperté, diciéndole que su madre sabía que estaba allí. Ella se quedó igual que yo. A pesar del susto, nos reímos durante mucho tiempo.

Son tantos recuerdos… Como aquella vez que mi morena se puso mechas rubias. Parecía una chica del este y la llamé Nuska cariñosamente; o aquella vez en su cama, desnudo, cuando sonaron unas llaves en la puerta de su casa. Su padre entró y, de manera instintiva, me escondí debajo de la cama. Agazapado, esperé a que salieran de la casa, pero, cuando fui a abandonar la habitación, vi que el pomo estaba roto y me había quedado enjaulado entre las cuatro paredes. La única opción fue saltar por el balcón desde un segundo piso al del primero y desde este a la calle antes de que regresaran. Toda una proeza. Al caer desde el primero a la calle, debajo de la repisa del balcón había una señora que paseaba a su perro. Se llevó un terrible susto y me exclamó: «¡¿De dónde sales tú?!». Le contesté que era un ángel que había caído del cielo y eché a correr.

Recuerdo el primer perfume que me regaló, XS, o a ella ser policía en un interrogatorio donde yo iba pasado de vueltas, sin distinguir la realidad; fueron días gloriosos para ambos. Pasado el tiempo, me fui de viaje con unos amigos a un pueblo donde veraneaba y, como la primera vez, volví a meter la pata. Le fui infiel. A mi regreso, se lo confesé y esta vez le costó más perdonarme, pero volvió a hacerlo. Quizás en el momento en que, por circunstancias de la vida, más la necesitaba, me pagó con la misma moneda y la vi con otro. Sin poderme detenerme, la llamé por teléfono, pero ella no me respondió. Más tarde, me dijo que se acababa de levantar. Como yo sabía la verdad, no fueron bonitas mis palabras hacia su persona; ella lo desmentía y me partía el alma cada vez que lo hacía. La única diferencia entre los dos fue que yo nunca le mentí. No pude seguir con ella porque se aferró a su mentira y eso a mí me ardía; el hecho también me dolía, pero me mataba más su falsedad al desmentir lo que mis ojos vieron. La dejé con las lágrimas dibujadas en su carita de ángel, para que paseara por cada esquina haciendo muy bien el papel de víctima, mientras a mí me coronaron rey de los infiernos por llevar puesta una sonrisa cuando por dentro me desangraba. No importó que muchos supiesen la verdad, a la mentira le sacaba brillo con sus lágrimas. Muy poco me importó quién me juzgara, pero no entendía el papel que hacía ella. Yo no quise romper, solo necesitaba que fuese de frente con la verdad para creer en ella. Pero escogió que la dejara.

Recuerdo haberle escrito un poema que comenzaba pidiendo perdón por dejarla, donde decía que la quería, pero no podía seguir si no era sincera. Acabamos muy mal y estuvimos un par de años sin hablarnos. Ambos habíamos cogido diferentes caminos, aunque en ocasiones se cruzaran nuestras miradas de reproche. Pasado un tiempo, nos encontramos y, a partir de ahí, fuimos grandes amigos, pero con una amistad intercalada con idas y vueltas. Las idas de su soltería, viniendo a consolarse en mi hombro, que siempre estuvo ahí de apoyo; las vueltas cuando se enamoraba y me apartaba como si no existiese. Muchas veces, le tendí la mano para que ella me borrara, con la excusa de que sus nuevos novios no me podían ver. Pero, cuando llevaba una larga lista, me pregunté por qué a sus otros ex los veía mientras que, a mí, como un truco de magia, me hacía desparecer de su vida. Hasta que me cansé de ser su pañuelo y desaparecí de los reproches de sus huidas. Diez años más tarde, tropezamos y me pidió perdón por no haber cuidado nuestra amistad, que ya carecía de importancia habiendo llovido tanto. Nunca estuvo a mi lado como yo cuando ella lo necesitó. Ahora somos dos desconocidos que fingen conocerse, recordando nuestro juicio. Dos diablos citados a la condena; absuelta ella por lágrimas de santo.

Te recuerdo por una obra de teatro en que yo hacía de ángel herido y tú de diablo; por tu doble Nuska con mechas rubias, por adelantar mi cumpleaños, por un pomo roto, por suicidarme de un segundo, por un perfume XS, por quinientas rupturas, por dos reconciliaciones. Tú fuiste la primera en mi cama, que recorrió mis tropiezos en otras sábanas. Tus cabreos, mis mil «lo siento»; por una noche de fiesta con redada donde tú eras quien me interrogaba, por mis esperas para dormir a tu lado, por saciarnos del sexo hasta emborracharnos, por una suegra bruja que adivinó dónde estabas el primer día del año, por el daño que nos hicimos, por sernos infieles; por tu doble traición; la primera la que paró mi corazón y la segunda la amistad de mi hombro que te consolaba; porque crecimos juntos y olvidaste todo, por esa tarde que pasaste del oído a amarme, por esa mañana donde se partió mi alma, por nuestra amistad intercalada, por poner un fin a tus pausas.

Te recuerdo sin ninguna premisa siendo tú el primer trozo que arrancaron de mi alma que se rompió. En silencio lloré y en un poema que empezaba pidiendo perdón lo confesé, pero ante todos diablo yo quedé.

Tercer Acto

Esta noche todo está en tranquilo. Hay una paz mezclada con la tristeza de los días solitarios y lo envuelve todo. Solo rompe el silencio el choque del hielo al agitar mi vaso resquebrajado, lleno de Bourbon. Esta noche sería perfecta si tuviese menos años. Me iría de fiesta como antaño, perdiéndome en acordes, percusiones, un bombo acompañado de un bajo y un DJ de maestro de orquesta. Haciendo trampas, me llevaba a otro mundo y juntaba días con noches hasta caer exhausto. Era otra época. No estoy ni orgulloso ni decepcionado por haber entrado en ese mundo de noches de gafas de sol al alba, donde el sexo y la droga se fusionaban, y me volvían un loco ausente. Perdiendo la noción del tiempo, saltaba de cama en cama, de pastilla en pastilla, de raya en raya. Recorrí muchas fiestas y conocí a muchas mujeres en algunos baños donde la perdición vivía con una soga al cuello. Jugué hasta casi resbalarme de la silla que me sostenía para no ahorcarme. Vi cómo algunos caían para no despertarse, pero yo seguí.

Nunca recomendaré que alguien entre en ese mundo, pero jamás estaré arrepentido de haberlo vivido. Aprendí mucho, pues hay lecciones que solo puedes aprender en los lavabos de alguna sala, historias que te cuentan mientras la droga hace mella, amigos que a las malas estuvieron ahí, conociendo a Judas en algunas fiestas y respetando la ley del silencio ante un juez. Aprendí todo lo bueno y malo que vivía en mí. De ese mundo, salí tal como entré, de la noche a la mañana. Ahora, en estas noches tan calmadas, si hago de oído en la falda de la montaña escucho las olas chocar como yo chocaba en aquella época. Fue allí donde nació mi segundo amor, aunque me acuerdo de muy poco del primer día, porque yo iba hasta arriba de cristal. De aquella noche, solo recuerdo unas piernas que me volvieron loco y un número de teléfono que memoricé sin saber muy bien cómo lo logré; un amor dulce y amargo a la vez, una fusión de sentimientos por todo lo que vivimos. Jamás deberíamos habernos topado; casualidad del destino del azar, que endulzó mi corazón para amargar mi vida.

En una noche de fiesta de cristal, quién apostaría porque iba a recordar esas maravillosas piernas acompañadas de un número de teléfono. Con magia, a la mañana siguiente desperté de un sueño. Llamé a ese número, y una voz dulce me atendió y me propuso esa misma tarde para salir a su encuentro. Cuando la vi, sentí un flechazo de Cupido que atravesó todo mi ser. La recogí en moto y nos dirigimos a una piscina para darnos un chapuzón en nuestra primera cita. Era principios de junio y el sol apretaba. A falta de un par de kilómetros, hice una parada para comprar una cajetilla de tabaco. Había dos caminos para llegar al destino señalado y pude haber hecho una infinidad de cosas antes de volver a ponernos en marcha: haberla besado, haber encendido un cigarrillo, haber conversado más. Dudé, pero opté por ir por el camino que nos marcaría de por vida.

Ni treinta metros había recorrido, cuando un fuerte estruendo provocó el caos. Aparecí al lado de un coche aparcado. Un silbido intenso me taladraba los oídos, desequilibrando mi cuerpo. La moto estaba engullida por un camión que se saltó un stop. No encontré el cuerpo de ella hasta pasados unos largos segundos. Detrás de una de las ruedas del camión, la vi tirada en el asfalto. Me dio un vuelco el corazón. Traspasé todo lo que nos dividía para recogerla mientras ella recuperaba la consciencia. Su brazo era un poema grotesco. La gente hizo un corrillo para rodearnos y un buen señor sacó una silla. Coloqué su brazo en mi espalda, que la empapaba de sangre quemada, mientras la ambulancia llegaba. Mi atención estaba en despistar la suya. Le sonreía y le mentí sobre lo sucedido. Le dije que tenía un pequeño corte en la mano, que era mejor que no se lo viese por si se mareaba, mientras la sangre me recorría la espalda y se deslizaba por mis piernas hasta caer a la acera y crear un río hacia la carretera.

Mi templanza callaba a mis nervios. Mientras esperaba a los sanitarios, le hice sonreír. Me giré para ver su brazo y la imagen me dejó helado, pero mi templanza no me abandonó. Sin dar importancia al agónico momento eterno en mi presente, en mi pasado, en mi futuro, una imagen que llevo encima y que jamás olvidaré. Cuando me apartaron los sanitarios, dejaron a la vista aquel cuadro. Ella explotó en llanto. Recuerdo la expresión de su cara, sus palabras, sus gritos de dolor, a dos sanitarios alejándome en una camilla y mi mirada perdida. Desplomado, mi llanto explotó en una ambulancia. El destino me tenía preparado aquel mal trago porque, al saber que podría haber escogido otro camino, me culpaba. Pero poca culpa tengo del destino del azar.

Llegamos a un hospital donde resonaba el horror. Mi ropa estaba bañada por su sangre y todos me miraban mientras los sanitarios corrían hacia el quirófano. Nadie se atrevía a operar un brazo destrozado, un puzle desmontado; decían que era mejor cortar que intentarlo. Cuando todo estaba listo para la intervención, llegó un ángel de doctora que no dudó en salvarlo. Tras muchas operaciones acompañadas de meses de estancia, la hospedaron en una habitación individual. Yo había salido mejor parado, con un par de arañazos y una contusión en la espalda. Me sentía tan culpable que jamás en su estancia me separé de ella. De madrugada partía a descansar a mi casa para que antes de que el alba saliese estuviera allí.

La primera semana que ella pasó en el hospital, yo observaba en una esquina a los que venían e iban. Las semanas pasaban y las visitas se convirtieron en escasas o ninguna; solo éramos ella, sus padres y yo, que fueron dándonos espacio por su trabajo. Nunca la abandoné hasta que sus cicatrices sanaron. Antes de salir de aquella habitación, yo moría por su amor mientras ella no me veía con los mismos ojos. A pesar de saberlo, solo le mostraba atención y cariño. Después de comer, abría una ventana que daba a una terraza, me liaba un cigarrillo que aliñaba y lo compartía con ella. Hacía las tardes más amenas, entre risas, con ojos ensangrentados, y fuimos conociéndonos mejor. La primera noche después de un mes, sus padres confiaron en mí al verme todo el día allí. Su madre me preguntó si me quedaría con ella y le conteste que sí. Su estado había mejorado, le quedaría una larga rehabilitación por delante, pero aquella noche acepté cuidarla.

Ella miraba la televisión mientras yo leía la prensa. Sabíamos nuestros sentimientos: yo moría por besarla y ella pasaba de mí, o así lo pensaba yo, que me tenía cariño, como un amigo con el que jugaba a que le robara sonrisas. Rompió el silencio para pedirme un beso. Me negué, aunque me moría de ganas, pues yo no quería una noche, sino una vida a su lado. Estaba enamorado. Pero pensé que, si me brindaba un beso, por qué rechazarlo. Me lancé, pero me rehuyó y me hizo rabiar por unos instantes por haberme negado. Hasta que nuestros labios se juntaron. Apagamos la calefacción porque ardíamos. Fue un amor que luché ferozmente, sin máscaras, desnudándome; éramos tal para cual. A punto de abrir sus piernas para rematar la faena, ella me frenó. Días más tarde, me confesó que nadie había traspasado esa frontera. Respetando su decisión, sellamos nuestro amor, con la condición de que yo desaparecería en cuanto le dieran el alta. Yo hacía hincapié en que ese cariño que ella empezó a sentir era porque yo fui el único que estuve a su lado, que una vez abandonara el hospital se olvidaría de mí. Le propuse que, cuando saliera de allí, si sentía algo por mí, que me llamara y que yo no dudaría en ir.

Durante los días siguientes, continuamos con besos enredados entre caricias de enamorados. Aun sabiendo que se terminaría, entregué todo mi ser. Pero llegó el día del alta y yo, cumpliendo con mi palabra desparecí. Sentí angustia por ese torpe adiós, con la tristeza de saber que quizás ya no volvería a rozar la miel de sus labios. Pensé que se había acabado, aunque me llevaba los buenos momentos que pasé junto a ella, las risas que nos robamos mientras nos liábamos uno aliñado, cómo nos sinceramos con la mirada y las caricias robadas, más mías que suyas. Pasaron tres días, cuando a mediodía recibí una llamada de ella. Me quería ver. Volé hacia ella mientras pensaba en una infinidad de posibilidades. Cuando llegué a su casa, me invitó a dar un paseo mientras me aliñaba otro cigarrillo que tanto nos gustaba. Paseando, me preguntó si quería besarla. Le respondí que ese beso solo se lo daría si con él sellábamos el acuerdo. Su sonrisa pícara me decía que lo hiciera ya, aunque me negué y le hice rabiar, recordándole que ese beso que me pedía sería el pacto para sellar nuestro amor. Ella insistía en que me callara y la besara. Acepté y proclamamos nuestro amor.

Unos días más tarde, la invité a dormir a mi casa y esa noche, en mi cama, la frontera de sus piernas se abrió. Fue gasolina para un incendio. Nos encantaba enredarnos en las sábanas hasta perder la noción del tiempo, entre humo y sexo. Parábamos el tiempo para deleitar nuestros cuerpos, siguiendo la regla de querernos como si no hubiese un mañana. Pasaron los meses hasta llegar al año juntos. Cuando cumplió su decimoctavo cumpleaños, nos aventuramos a compartir un pequeño apartamento; yo era tres años mayor que ella y era la primera vez que comenzaba una vida junto alguien. Quitando el sexo y las fiestas, todo era increíble, pero más por lo que habíamos construido; era un sentimiento de sentirme afortunado al saber que cada mañana me levantaría a su lado.

Sumamos otro año en aquel pequeño apartamento convertido en nuestro palacete. Decidimos compramos un palacio digno de mi reina, decorado a su antojo. Vivimos innumerables aventuras, pero todo no fue tan bonito. Nuestro palacio se convirtió en una pirámide de naipes que cualquier movimiento hacía tambalease, casi derrumbándose con cada aliento. Me esforcé por sostenerlo hasta que una noche se derrumbó.

En el último año, ella había sacado un carácter fuerte de mecha corta. La venda del amor ciega tanto que no ves más allá de lo que palpita en tu corazón y eso llevó a que hiciera lo que jamás llegué a pensar. Una noche se cayó parte de la venda y vi a una persona con tanta crueldad que desperté de esa historia de amor. Me topé dentro de un infierno y no quise ver a la bestia disfrazada de ángel. En uno de sus arranques, se trasformó en un tornado sin piedad. En cuestión de segundos, destrozó toda una vida. Nunca pensó las consecuencias y llegó a los límites de manchar mi nombre con mentiras infundadas por una maestra licenciada en el engaño.

En un juicio delante de seis leonas, me despellejaron con unas palabras que jamás pronuncié; nunca sentí tanta impotencia. Destrozaron mi vida y la enterraron, pisotearon mi nombre sin piedad. Solo su abogada vio la verdad en mis ojos y me propuso, consolando mis lágrimas, un trato en el que, aunque se mancillara mi nombre, sería lo mejor para mí. Cómo me tuvo que ver la mujer para venir en mi auxilio. Acepté y siempre estaré agradecido a esa mujer que vino a socorrerme a pesar de ser la abogada de ella. Le estaré eternamente agradecido.

Pagando justos por pecadores, seguí caminando sin doblegarme ante las críticas que recibí. Me señalaron como al mismísimo diablo; yo sonreía, aunque fuese el peor episodio de mi vida. Noche tras noche, mi alma se desahogaba en la bebida y el humo para calmar el dolor. Intenté entender sus actos y quería creer que ella me amaba, solo que una serpiente la envenenó. Por mucho daño que me hubiera hecho, la seguía amando; nunca fui a buscarla ni la llamé, pero una parte de mí la seguía queriendo.

Una mañana, recibí una llamada de ella. Quería arreglar los papeles sobre nuestro palacio, que estaba a nombre de los dos. Acepté su invitación. La recogí con mi coche y conduje sin rumbo mientras nos echábamos los trapos sucios; que si yo había hecho, que si ella me había destrozado, que si la gente hablaba de más. Una hora entera mientras hablábamos de todo menos de lo que habíamos quedado para tratar. Pero nos fuimos calmando y nos centramos en el día a día que habíamos vivido el uno sin el otro.

La noche se había vestido de gala, con una media luna estampada de estrellas en el firmamento. Llegamos al final de un camino que daba a un acantilado. Borré de mi memoria todo lo sucedido; seguía embriagado de su amor, a pesar de mis pesares. Nos acercamos cuando unas lágrimas recorrieron su rostro y me hicieron venirme abajo. La abracé y sentí de nuevo el calor de su amor. Como no podía ser de otro modo, ardimos en la parte de atrás de mi coche, gozando nuestro momento. Eliminamos el pasado y retomamos nuestro amor. Sin esperar más tiempo, al día siguiente volvía a vivir con ella, pero nada había cambiado. Ella salía mucho de fiesta, algo que no era un problema, sino el estado en el que yo la recogía, hecha un trapo por los excesos. A muchos amigos nuestros los atacó, mostrando su verdadera cara y mi verdadero infierno. Pero mi venda no se despegaba del todo, no dejaba de amarla. Me amenazaba con volver a mancillar mi nombre a las primeras de cambio. Si quería irme con mis amigos, lanzaba la misma amenaza. Con cualquier cosa que no fuese de su agrado me coaccionaba, me tenía maniatado, asustado.

Viví un par de años con ella porque, en el fondo, ella no era así. Por muchas amenazas que lanzara, después se convertía en otra mujer, en una divina. Viví buenos momentos, tantos como malos, pero qué iba hacer si no podía dejar de quererla. Hasta que llegó un día en que no aguanté más y, a escondidas, recogí mis cosas. Sin mirar atrás, partí. Me llamó sin entender lo que estaba pasando. Le expliqué que era una gran mujer, pero que no podía vivir bajo amenaza. Intentó volver conmigo reiteradas veces, pero yo me negué.

Cada sábado, de madrugada, recibía su llamada. La encontraba tirada en la calle, borracha. Me dio mucha pena. Incluso, la tuve en mi nueva casa para que dejara la noche de lado y superara su alcoholismo. Le demostré que había mucho por vivir, aunque no fuese a mi lado, porque nuestro amor ya estaba enterrado. Pasado un tiempo, nos distanciamos y me dejó anclado en una hipoteca como venganza por mi marcha. Decidí que jamás volvería a verla. Firmé una cruz porque, por muy santo que fuese, diablo me quedé. Esa vez, el destino del azar fue muy cruel por su comienzo y por su final.

Quiero creer que aquel comportamiento de destrozarme amándome fue infundido por el miedo a perderme, aunque fue algo que entendí tras muchos años. No quiso quitar mi nombre al castillo de naipes y yo me puse su apellido para recordarme ese desastre de infierno que viví y que pocos apreciaron.

Guardé odio durante un largo tiempo. Me envolvió en una niebla densa, sin poder atracar mi barco apodado Diablo. Dando círculos, naufragó en el lago de lágrimas y dejé de creer en el amor. Perdí el corazón en algún cajón, en la mudanza, hasta que llegó un día en que la niebla se disipó. Mi barco llegó a puerto. Aprendí de ese gran odio, porque, cuando se diluyó, encontré la paz. Entendí que el mayor culpable fui yo, por no quitarme la venda del amor que ciega, anulándote como persona. Pensé que los actos de hoy mañana desaparecerán y creé falsas expectativas que nunca llagarían. Mentiría si dijera que no la seguí queriendo muchos años más de los que se mereció, pero jamás volvería con ella, porque ese infierno nunca volvería a pisarlo.

Te tengo muy presente, pues no quiero volver a tropezar con una venda que me ciegue, un amor nacido en una noche de cristal donde unas piernas y un número sin nombre marcarían la suerte o desgracia del destino del azar.

Te recuerdo por ese accidente, por ver tu cuerpo en el asfalto caliente, por un beso torpe lanzado al vacío después de una negación, por un principio de cuento convertido en un final de infierno, por tu maldad que condenó a mi inocencia y manchó mi nombre con tus celos enfermizos; una carita de ángel, un puñal atravesando una puerta sin mayor preocupación. Dejé mi alma en tus manos al permitirte contar una mentira y esconder la verdad. El tiempo se puso de mi parte y ya no tuve nada que demostrar. Por uno de tus apellidos que nunca olvido, pues quiero que me haga recordar que en mi vida hubo un infierno que no volveré a pisar. No es rencor lo que guardo. El odio ya pasó. No te deseo ningún mal porque, al fin al cabo, gracias a ese odio conseguí mi mayor paz.

<u>Cuarto Acto</u>

Esta mañana brilla un sol agradable que me ha empujado a salir a caminar por mi terreno. Observo que el ganado esté bien. Reluce saludable, libre; pastan a sus anchas en mis tierras convertidas en su palacio. Sigo caminado hasta llegar al límite del terreno, donde hay una valla que está medio caída. Da a un camino parecido al de mi historia que acaba en un acantilado, pero aquí no habrá una reconciliación. Arreglo la valla como puedo, la ato con unos trozos de alambre que cuelgan de la misma y la dejo reparada. Me siento con fuerzas para seguir caminado. El buen día acompaña a ello. Voy bajando media ladera por un sendero paralelo al que se dirige hacia el pueblo. Está abandonado, medio tapado por las encinas de sus orillas y zarzas llenas de moras, un tentempié para el camino. Marcan la línea que me lleva a un pequeño llano que acaba en unas rocas que dan a un desfiladero. Esta zona está llena de ellos y algunos son traicioneros. El día me invita a tumbarme sobre las rocas, desde donde diviso el pueblo. Siempre acabo impregnado de calma al contemplar un bonito paisaje, de escenarios grabados en mi retina. El canto de los pájaros en el silencio me balancea, susurrándome una nana que hace tartamudear a mis párpados y caen en un ligero sueño.

Unos ladridos me despiertan. Al incorporarme, veo al culpable de mi despertar, que corre jugando por el pequeño llano. Se me acerca y agita la cola, invitándome a acariciarlo. Es un animal muy simpático, un cruce de alguna raza pastor robusto, de color canela. Bajo de las piedras y lo acaricio. Cuando desvío la mirada, veo a una mujer que se acerca mientras llama al animal, pero él se sienta a mi lado. Mientras su supuesta dueña lo sigue llamando, lo dejo de acariciar para que salga a su encuentro, pero ignora su llamada y me observa como si buscara algo de mí, aunque no tengo nada que ofrecerle.

Aparto la vista hacia la mujer, que está a escasos metros. Me saluda con educación y le devuelvo el gesto, cortésmente. Unas gafas de sol de pasta ancha le tapan el rostro, un pañuelo le rodea el cuello y se resguarda del sol con una pamela. Me resulta familiar y supongo que la habré visto en alguna de mis visitas al pueblo para comprar víveres. Antes de marcharme, me fijo en una flor seca que lleva en la mano. Es un lirio azul como los que dejó a medio camino. Me pregunta si soy de la zona y respondo con un sí, pero sin indicar el lugar. Cuando advierto que quiere volver hablar, rehúyo el contacto educadamente y le deseo que tenga un buen día. No quiero conocer gente, porque sigo sin olvidar el ayer. El animal sigue sentado sin apartar la vista de mí. Aunque la ignoro, poniendo rumbo hacia mi casa, por el camino de encinas pienso en otra época, cuando mi labia era mi mayor arma. La madurez y el tiempo me habían pulido bien, quizás hubiese llamado más mi atención.

Recuerdo aquellas mujeres que, gracias a mi labia afilada, estuvieron de paso en mi vida, aunque fuesen de corta estancia. Las recuerdo a todas: una camarera que me sirvió un postre caliente, una azafata que me elevó a los cielos, una panadera que me enseñó a ser padre, una dentista que me enseño que, a veces, tres no son multitud, una enfermera que me ingresó en cuidados intensivos. Fueron muchas las que calmaron mis noches. Recuerdo a cada una de ellas mientras bebo para olvidar, aunque mi memoria vive para recordar mi pasado. Mis días de soltería quizás no fuesen para algunas los mejores, pero jamás les mentí, y les decía con una frase prepotente y narcisista: «Hoy calentaré tu cama, pero mañana puede que caliente otra». Ellas tomaban la última palabra de quedarse con mis condiciones o marcharse, y tan amigos. Decidían el final de aquella ecuación. Sorprendentemente, ninguna se marchó. Quizás por la forma que tenía de pronunciar, con una sonrisa y un tono de voz suave. No podía haber más sinceridad en aquellas palabras, aunque sonasen por mi parte prepotentes o narcisistas. Era la gran verdad que podía ofrecer en ese momento.

Renegaba de cualquier palabra que tuviera que ver con relación. Mis días eran muy felices, obteniendo el cariño de muchas y sin ninguna discusión. No digo que no sintiera nada, pero nunca llegó a calar en la palabra amor. Era pura atracción física, de querer profanar nuestra intimidad, y que ambos satisfacíamos. En el momento que veía que iba a más, como la espuma del mar, me desvanecía. Cobarde pero sabia decisión la mía. Nunca les quise hacer daño y esa era la forma de demostrarlo; desaparecer era la única carta que tenía. Sé que a muchas dañé, pero más daños hubiese causado fingiendo algo que no iba a suceder, un amor que nunca brotaría. Era un mar calmado que no desataría la tempestad de los sentimientos que en amores pasados se podrían haber desencadenado entre los dos. Aun haciendo las cosas bien, alguna sufrió, aunque nunca lo quise, pero no podía hacer más.

Yo renegaba de Cupido, que malgastaba el tiempo conmigo. Sorteaba mis días en la cuerda floja como un trapecista; me desenvolvía como pez en el agua y nadaba en el filo del abismo, jugando a ser un dios perdido.

Mis princesas, a cuál más bella; en el descanso de unas sonrisas robadas, con unos tragos de tequila, rematé la noche entre las cuatro esquinas de una cama vacía. Sin otorgarles ningún amanecer, me desvanecía como humo en el aire, dejando a veces sus heridas abiertas y dando paso a sus lágrimas recogidas en mi estantería. Coleccioné muescas en mi culata, que fui llenando hasta el desborde; el vacío de las cenizas prendidas de miradas a escondidas. Perdí el tacto del sentir, arrojado por el precipicio de mi equilibrio frígido como el hielo, con aromas de miel; por los labios tomados como chupitos hasta caer embriagado.

Desaparecía con la única carta que podía jugar para no herir a ninguna más. De cobarde me tacharon, sin importarme porque, en todo momento, sabía que lo hacía sin engañar a nadie. Dejé a algunas afligidas y a otras sin importarles lo que decidía. Así pasó mi soltería, siendo un santo, comportándome como un diablo.

Recuerdo a una de ellas por la intensidad con que vivimos nuestros días. La vida a veces te trae pequeñas dosis de felicidad de las que aprendes de la persona con quien las compartes o a la que le enseñas.

Una vez me topé con una maestra que estaba de paso. A pesar de que solo estaría cuatro días, desde el primer minuto que la vi sabía que sería mía. Me costó sacarla de entre dos colosos que debatían sobre quién se la llevaría. No me veían como una amenazaba. Esos dos tipos tenían percha, pero de labia andaban escasos. Despistados entre sus palabras, me deslicé y la agarré de la mano para llevarla lejos de aquellos que solo veían su cuerpo como una atracción de un día. A pesar de querer lo mismo, cuando entablé conversación con ella, quise saber más, quería desnudar su corazón. Hablamos de las experiencias vividas; las mías no eran de las mejores, pero ella tuvo una que a me partía el alma. Me dejó helado. Había pasado nueve años junto a una persona que nunca le tendió la mano para un simple paseo. Me lo describió como lo contrario al romanticismo. No me explicaba cómo había aguantado tanto tiempo a su lado.

Juntamos el día con la noche hasta acabar en el apartamento donde se hospedaba. Me invitó a cenar y hablamos hasta bien entrada la madrugada compartiendo miradas. Solo había una habitación con una cama, que me invitó a compartir. Antes de irnos a dormir, me dejó muy claro que entre ella y yo no pasaría nada. Sin saber muy bien qué ocurrió en el camino al dormitorio, nos acostamos. Respeté su palabra, pero una guerra estalló. La cama fue un campo de batalla en el que me fue ganando terreno por mi desconocimiento hasta dejarme acorralado en la orilla del acantilado. Se abalanzo sobre mí y me dejé capturar, haciéndome su prisionero mientras me besaba y enredaba su cuerpo con el mío. Escuchaba unos tímidos gemidos y, sumiso a ella, con permiso, le abrí las piernas. Una vez entre ellas, me dispuse a saciar aquel desenfreno. Contra todo pronóstico, ella frenó y expuso unas palabras que encajé educadamente, aunque la maldijera por dentro. No quería que la viese como una chica de una noche. Respeté la tregua con la condición de que dejase espacio entre nosotros para apagar la hoguera encendida. Caí dormido entre las cenizas que habíamos prendido y pasé la noche junto a ella; con un ligero dolor, caí en un sueño profundo.

Al despertar, me encontré con un cuadro de surrealismo. Ella estaba desnuda y cabalgaba sobre mi cuerpo, que era un lienzo para su lengua. Le rodeé el cuerpo con mis manos de alfarero, convirtiendo los segundos en minutos, los minutos en horas, con algún descanso para recuperar el aliento. Sumé tres días de puro éxtasis y nos rendimos el uno al otro para enamorarnos el tiempo establecido. La fecha de un adiós se pronunció y, para poner fin, nos dimos un buen homenaje en los baños donde ella cogería el vuelo para marcharse al fin. En un par de llamadas nos contamos la pena que daba la distancia, pero yo tenía mi vida y la suya estaba lejos de mí.

Poco a poco, desaparecimos en el olvido hasta que me he detenido a pensar en ella.

En solo cuatro días, le enseñé las palabras que desconocía. Solo las había escuchado en cuentos, donde los príncipes se batían en duelo por unas damas. Ella venía de nueve años de tormento, de nubes grises. Solo llamé al sol para relucir, a la luna para que fuera testigo de si fui más santo que diablo o más diablo que santo, pero ella, maestra de profesión, descubrió que un cualquiera le podía enseñar el significado de la palabra amor.

Tú de profesión maestra, ante dos colosos batiéndose, entremedias yo, un alumno espabilado. Como un alfil, tracé la diagonal para entretenerte y, al hacerse de noche, me encontré en tu cama, librando un golpe de estado. Me hiciste tu rehén y me dirigiste hacia tus piernas, que se abrieron para invitarme a pasar. Pero echó freno tu peaje. Retirándome en la guerra de tu batalla, me dirigí hacia una esquina de la cama para enfriar la hoguera del bombeo de tu incendio. Desperté y creí seguir soñando al ver tus infinitas piernas con la melodía de tu húmeda balada para mis oídos. Fue la alarma para profundizar la mañana hasta que llegó la tarde para que por la noche siguieras cabalgándome como una amazona. Éramos presos en el tiempo, perdidos entre gemidos y caricias, devorándonos el alma. Fundiendo la cordura en tu cintura, tatuaste mi cuerpo recorriendo con tu lengua cada palmo. Graduado en tu presente, que ardía noche y día, el tiempo se nos echaba encima. En aquel baño donde cogías el vuelo a tu destino, en el último homenaje, exhausta maestra graduada entre mis piernas, nos despedimos, derrotados, satisfechos, con la firma de haberte enseñado a amar en solo cuatro días. Aunque desaparecieras, mis recuerdos no te olvidan.

Un nuevo atardecer me espera mientras mi memoria intenta recordar esa cara que me ha resultado familiar. Suelo ser bastante bueno al recordar, pero no la logro situar. Será alguien del pueblo. Me intriga saber si la flor que sostenía era de las que yo dejo a modo de ofrenda. Sigo profundizando y llego a la conclusión que habrá sido el destino del azar que esa mujer pasara por donde yo dejo las flores y haya cogido una, pero mi mente es tan cabezona que, sin cesar, le sigue dando vueltas. Es como un puzle que quiero montar. Siempre he creído en el destino, en que todo pasa por algo. Son leyes de antaño, en las que me solía guiar. Buscando en mis recuerdos, ha relucido una sonrisa que me regaló el destino del azar. Han sido décimas de segundo, pero tan profundo que hasta el tiempo ha logrado parar. Arroja mis sentimientos a un abismo para luego ir a rescatarlos y me cuenta un poema de un millón de versos que dura una fracción de segundo. Una sonrisa que, clavada en mi mirada, me dejó sin palabras. Fue un momento tan puro que jamás podré olvidarlo, pues la persona que me regaló esa sonrisa, en décimas de segundo, me dijo que me amaba sin pronunciar palabra.

En un instante comprendí que había aprendido a ver en la oscuridad solo dejándome llevar; a soñar sin dormir, como un cuento de hadas, donde yo era el caballero y ella la princesa rescatada; a volar sin alas, como la cometa de un niño que se alza entre las nubes y roza el cielo; a desnudar mi alma y exponerme a la sinceridad, a convertir el ruido en baladas, a ir descalzo por las cenizas congeladas; a días con luna y noches con sol, como un pintor que dibuja el descontrol; a que ni el blanco ni el negro tienen razón, y existe una escala de grises que a todo encuentra solución; a ver el movimiento detenido en un corazón, a morir en cada palabra muda y la bonita lección del pestañear de una mirada que paralizó mis sueños, dando melodía a unas aguas bravas del cielo de mi alma. Entendí que con esa mirada me decía que me amaba.

Llega la noche y despido a los últimos rayos de sol, que enfurece al cielo rojo. Recuerdo a quien me regaló esa sonrisa, como si fuese ayer, a pesar de los años que han pasado. La tengo muy presente, pues en mis sueños aún aparece. No es la única que me visita. Son sueños en los que siento su tristeza, sus miedos, sus agobios, sus alegrías; me hablan como si estuviesen presentes y su tristeza contagia mi alegría. A veces, me dicen que corra y otras que espere. Aun en su ausencia, muchas veces marcaron mis pasos. No entiendo muy bien por qué en mis sueños son un referente, son el veneno postrado en un vaso con el que quizás me volvería a emborrachar, son la flecha que lanzan y se clava en el talón de Aquiles, son todo lo que no deseo recordar y de lo que nunca me llegaré a olvidar.

Siempre avancé a ciegas, jugando con el karma a cara y cruz mientras de espectador teníamos al amor. No los sentí destruir la verdad que construía para perderla entre sábanas que no me veían al despertar. Cogí un tren en cada parada de una mirada hasta llegar al destino de casualidad. El azar determinaba el futuro, aunque a veces, sabiendo lo que iba a suceder, me callaba. No desistía a sonreír mientras llenaba un vaso de lágrimas; duele recordarlas a todas, pero me alivia saber que en mis sueños volverán a aparecer.

Os dibujo en mi mente como siluetas trasparentes que distraen mi atención, llevándola a la nada y sentándola en lo más hondo de la profundidad. Me habláis con silencios, os contesto sin palabras; desfiláis entre los vacíos de un corazón muerto. Sois la noria de mi vida, subís y bajáis a vuestro antojo. Con cada corte sangro sin derramar gota, disimulando lágrimas que corretean en un día de tempestad. Ausente, os veo llegar por un presente que acaba de marcharse. No nos hace falta despedirnos porque mañana en mis sueños volveréis a estar.

La noche me ha cogido con mi vaso resquebrajado lleno de Bourbon, borracho, vagabundo de las estrellas. Mi vida echada al destino en un casino sin suerte. Cretina mañana de resaca que desafina entre cuerdas rotas de un músico que toca una melodía muda; esposado al tiempo sin aliento, en el calabozo de un triste jardín dibujado con un tono gris; esclavo de mi corazón, lo protejo tras un caparazón. Busco la primavera en otoños lluviosos que arrastran ríos envenenados, sedientos por los pálpitos de amores ahogados; inviernos en los que intento escapar de su frío, con días fugaces y noches eternas; mañanas escarchadas que, a mi paso, me cortan como cuchillos afilados. Intento llegar a un laberinto donde hay un rincón con una hoguera que calienta un verano seco, donde nada crece, donde todo prende al fuego eterno que intenta quemarme mientras yo me hielo.

Últimamente, me contradigo: maldigo al amor a la vez que me maldigo por no saber apreciarlo. Es un tira y afloja, como nadar en la orilla para morir ahogado, ganar para siempre y perder entre sueños. Pero pienso en que contemplé dos sonrisas que no se apreciaban falsas para engañar aquello que ves más allá de una fachada; observé dos cuerpos que ni se rozaban por mucho frío que marcara su piel; dos corazones latiendo deprisa, descompasados; a pesar de ir por el mismo camino, iban a diferentes destinos. Separados, comparten cama por turnos; vacíos de amor, se comprometen y afianzan su gran mentira subjetiva a la regla del tercero. Desaparece el primero, que odia al segundo por el tiempo perdido que jamás recuperan. Llenos de rencor, acaban sus vidas. Habiendo tenido la solución delante, decidieron hundirse en la desgracia de tirar la casa por la ventana para rescatar algo que ambos nunca sintieron.

Las desdichas de lo que mis ojos contemplaron, sentado en un banco junto a un parque, donde decían que el más niño era yo mientras ellos iban en pañales. Sin desear lo que yo ya predecía, se hundían, pues incluso ahí fui culpable por el mero hecho de observar y callar. Recuerdos de un borracho que lamenta no haber dicho verdades a la cara. Aunque hubiesen dolido, quizás mi nombre luciría más en estos días. Astillas clavadas en mí, que a veces no me dejan dormir, o tal vez es la excusa que busco para echarme otro trago y maldecir mi vida.

Pierdo y gano, aprendo y fallo, vuelo por los bajos cielos a ras de los altos infiernos, aceptando derrotas, brindado con victorias con una botella que guarda el elixir de mis lagunas; días de resaca emborrachados entre besos, pues el diablo también se viste de gala, acompañado de ángeles sin alas. Todos llevan una máscara y vienen a dar lecciones cuando, por sus ventanas, se ven sus faltas. Acarreo con las consecuencias de llevar una máscara que les sonríe por orgullo, por no dejar ver cómo se derrama ni una lágrima de un corazón de hielo, que con cada golpe o tropiezo se tambalea entre la delgada línea que separa el mar del cielo.

No todo fueron tangos, hubo bailes cojos de los que aprendí a relucir en la sombra, a calentar el frío invierno que puede dejar la soledad de los días; están acompañados de las verdades que escondo y las mentiras que reluzco. Mantengo al ruiseñor cantando para despistar a aquellos curiosos que quieren ver más allá de lo que quiera mostrar.

No sé cómo llegué anoche a la cama. Debería dejar los excesos con la bebida, pero, a mi edad, he combatido sin armas, pero con valor en batallas que marcaron mi alma, que, por mucho que quisiera lucir, sigue estando rota. Tengo la sensación de haber vivido dos vidas o ser un gato que ha malgastado sus siete. La muerte no me asusta; tarde o temprano caeré en su regazo. Lo único que pido es que sea rápida, fugaz, que cierre los ojos viendo un paisaje y no los vuelva abrir.

Esta mañana, cae una tímida lluvia que ensucia la ventana. Al fuego, una tetera que empieza a silbar. En la mesa, solo hay una taza que acompaña a este triste día. Las gotas que se estrellan en la ventana son como lágrimas; pero cómo distinguir una gota de lluvia de una lágrima. Cuentan que entre ellas hay una gran similitud, pero difieren al caer. A diferencia de la gota de lluvia, la lágrima cuenta una historia arraigada al alma. En el cristal, se refleja mi cara, que delata una lágrima pura que me recorre la mejilla hasta caer al suelo e impactar junto al resonar de un trueno.

Cuento la verdad que aún sigo odiando por su final. No tengo perdón, pero eso no evita mi arrepentimiento. Recuerdo a mi tercer amor. Pero lamentarme por los hechos no me exculpa de los pecados cometidos. La amaba con toda mi alma, aunque caí en la tentación sin saber que lo que estaba ganando me haría perder lo más preciado. Es tarde para recuperar el tiempo echado por la borda con un tesoro encontrado un instante en que salí a navegar.

Aquella noche, el ritmo de la música era lento, haciendo las distancias cortas. Me presentaron a una y, al verla, perdí la cabeza; moría de ganas por bailar con ella. Tardé muy poco en envalentonarme a sacarla a la pista. La cogí de la mano con suavidad, invitándola. Ella aceptó con una tímida sonrisa. Sus ojos grandes verde esmeralda hipnotizaban. Apenas le dije mi nombre cuando, en mitad del primer baile, di un paso hacia delante y, saltando al vacío, le pedí que me besara. Se sonrojó y me contestó que ella no lo haría, pero sin cerrar la puerta, invitándome. Recorrí el noventa por ciento del camino que separaba nuestros labios y me detuve para buscar la pausa de la intriga, del suspense de su sonrisa. Esperé a que ella recorriese el diez restante. Cerré los ojos y sentí los carnosos labios contra los míos; un beso tan inocente, pero a la vez tan salvaje que me enamoré sin conocerla. Sentí química entre nosotros. Esa noche apenas nos separamos. Reímos y bebimos mientras nos comíamos a besos entre bailes que acercaban nuestros cuerpos.

Tuve que esperar varios días para volver a verla, en nuestras primeras citas a escondidas. Merecía la pena porque, cuando estaba con ella, el mundo se detenía. Era una niña que alegraba mis días. Hasta que nos juramos amor en una puesta de sol, junto a una fuente seca, donde prometí amarla de por vida. Lo sentía de corazón, incluso con sus berrinches tontos; siempre me ponía morros, pero seguía siendo inocente. Su sonrisa abría un arcoíris en las mayores tormentas; tenía un gran corazón, mentiría si dijese lo contrario. En nuestro primer día de playa, le hice rabiar por sus pies de pato, que para mí eran preciosos; un invierno en un hotel, en el que se estropeó la calefacción y el único calor era el de nuestros cuerpos abrazados; un safari en el que el mayor animal era yo; en su decimoctavo cumpleaños, ella derramó ron en una maleta de música que llevaba yo; nuestro primer baño en una bañera en la que no cabíamos los dos; nuestro pequeño club, donde bailamos solos hasta el amanecer… Pero rompí nuestros sueños al serle infiel con quien jamás debí cruzarme.

Destruí todo lo que pudo haber de persona en mí. Me coloqué en las manos una bomba sin temporizador, sin saber cuándo iba a estallar. Yo la amaba a pesar de mi infidelidad. Fui un insensato que creyó ser más. Por mis actos miserables, estaba condenado a la horca. Todo llegó a su fin cuando, sin ella saber nada y confiando en mí, me propuso vivir juntos. Se me partió el alma porque sabía que, tarde o temprano, esa bomba estallaría. Siendo un cobarde por no confesarle mi traición, la abandoné con la única explicación de que el amor se había acabado, una estúpida excusa para zanjar una relación que condené a morir por haberme metido en faldas que me llevaron hasta la muerte de mi ser.

Destruí un paraíso como Eva al probar el fruto del Edén, aunque mi fachada siempre ocultó ese gran dolor que muy pocos sabían. Aguanté lo que otro hombre no podría ni ver, pues ella acabó con una persona muy cercana a mí. Me lo ocultaron, aunque sabía que, cuando el río suena, agua lleva. Aplicando la ley del ojo por ojo, obtuve lo que me merecí.

No culpo a ninguno de los dos, por muchos cuervos que venían malmetiendo de ellos. Siempre los defendí. Quizás fue una manera absurda de demostrar mi amor. Me tragué mi orgullo por ellos y mantuve en silencio muchas verdades que jamás se contaron. Le fui infiel y no había excusa para mi defensa, pero no se contó toda la verdad sobre mí. No por recuperarla a ella, sino porque pudiera mirarme a la cara.

Durante muchos años, tuvimos una bonita amistad en la que encomendé mi alma al diablo en forma de pago para que mis actos jamás llegaran a sus oídos, pero la persona que nunca creí que me traicionaría, a la que consolé en mi hombro sus desgracias, esa persona que yo amaba como una hermana, me traicionó. La bomba explotó en la celebración de un año nuevo. Yo llegué más tarde a ese evento, pero las caras largas me crucificaban sin yo tener conocimiento de aquello. Muchos de los que consideraba mis grandes amigos me dieron de lado y se posicionaron de su parte en algo que era entre ella y yo.

Pasaron meses hasta que llegó a mis oídos que ella había descubierto la traición. El mundo se me vino abajo. Lloré, derramando todo lo que guardé en mi interior; no por mí, sino por el dolor que le causé. Nunca se lo mereció. Pedí perdón a aquellos a los que había perjudicado de forma indirecta. El perdón que le escribí a ella me partió el alma. Fue educada quitando hierro al asunto, pero, en el fondo, de poco sirvió. Su odio hacia mí siempre permanecería en el tiempo, como ese juramento que lanzó junto a una fuente seca en un atardecer.

Han pasado muchos años de aquello, pero jamás me perdonaré haberle fallado de una forma tan ruin. No fue una infidelidad más, me equivoqué por completo. Por eso, arrastro una cruz en mi espalda; su dolor me enterraba. El pasado no se puede cambiar, pero aprendí la lección de la peor forma posible: con la pérdida de un amor, una amistad y el poco honor que algún día tuve. Le guardé respeto, no se merecía menos. Solo coincidí con ella en eventos a los que no podía faltar, pero jamás la volví a mirar a los ojos. Sentí vergüenza por haberle fallado, por haber tenido su amor en mis manos y haber desperdiciado todo lo que me dio.

Me encomendé al viento que recorre los lugares en su infinita inmensidad, sin pausa, una hermosa tempestad que aviva un mar calmado. Escóndeme en una brisa, pero nunca dejes de soplar mis cenizas. Muéstrales que fue un duro golpe para mí, que no sonreí cuando la abandoné, sabiendo que perdía más de lo que gané en una noche de ruleta donde el premio me envenenó.

Sentado, viendo caer la tímida lluvia, ha pasado el mediodía. Bebo más temprano de lo habitual porque aún me duele recordar este amor. Ahogo mi tristeza en mi vaso resquebrajado que oprime mi soledad; maniatado por la melancolía de aquel tiempo donde su sonrisa era el arcoíris.

Algo llama mi atención. Por las lindes de mis tierras camina la mujer del otro día. La distingo por el pañuelo y la pamela. Se gira a lo lejos y mira hacia mi casa. El animal se para y ladra, pero ella sigue su paso. Es extraño que la gente llegue hasta aquí arriba. Eso me intriga y salgo al camino para ver si la puedo ver más de cerca, pero, cuando llego a la puerta, ella ha desparecido. Unos metros más adelante, el camino se divide en tres: uno sube la ladera por la maleza, otro va directo hacia el pueblo y el tercero lleva en paralelo al llano donde la encontré por primera vez. Pienso en que ya la volveré a ver y, al girarme, veo un lirio azul seco que me acelera el corazón. Estoy seguro de que lo ha dejado ella y doy por hecho que sabe más de mí que yo de ella. Es algo que empieza a incomodarme. Alguien anda detrás de mí cuando creo que enterré mi pasado y lo sepulté en el silencio.

El agua empieza a calarme la ropa. Vuelvo a casa con la esperanza de encontrármela de nuevo. Hay muchas coincidencias y el destino del azar sigue jugando conmigo. Sin empezar la partida, siento que estoy jugando al ratón y al gato.

Cómo nombrarte sin pronunciarte para no hacer más daño del que ya causé. No pienses que me he olvidado de ti. Siempre te recordaré por un baile pausado, por pedirte un beso, por una puesta de sol en una fuente seca, donde nos juramos amor; por la inocencia de tu mirada, el amor que derrochamos en un par de copas, en un baño dentro de una pequeña bañera o tus pies sobre la arena; una foto convertida en un álbum, unos berrinches tontos acompañados de tus morros; por apaciguar mi calma; mis salidas, tus entradas; tu sonrisa al soñar con una vida, el horario de tu casa, mi falta de puntualidad; por cada mes recibir una carta que conservo guardadas; por una triple tracción con un solo final feliz, por una confesión a escondidas; por la cruz de la cual no reniego, pues la cargo arrastrando toda culpa; porque eras todo amor, porque fuiste mejor que yo, porque me pesó más la culpa al ser un cobarde, huir, perder tu amor y todo a mi alrededor.

Ya es tarde para el perdón, pero te sigo recordando en estas líneas, fruto de los recuerdos de mis olvidos. Algo murió dentro de mí por no haber estado a la altura de la inocencia de aquella mirada que enamoró y por disparar a bocajarro en el corazón de una gran mujer.

La lluvia da un descanso al final de la tarde, pero mis mejillas siguen mojadas. El día está gris y los recuerdos se apoderan de los sentimientos, pesadillas que me persiguen durante la vida. Melancolía me sirve otra copa mientras intento apaciguar mis recuerdos con un nuevo puzle que montar. La intriga sobre esa mujer me corroe por dentro. Intento ubicarla en el tiempo, pero no logro saber quién es. Quizás me debería haber fijado más en ella, o de mi porche haciéndome replegar.

Estoy indeciso, discutiendo con soledad, si acabarme el elixir que me embriaga mientras me debato entre tomar o no el último trago en mi vaso resquebrajado. Escucho unos ladridos que se acercan a mí. Cuando está a un par de metros, distingo al animal que siempre pasea junto a esa mujer. Frena bajo la lluvia y empieza a ladrar efusivamente. Intento calmarlo mientras busco en la oscuridad a su dueña. Grito un «hola», pero nadie contesta. Todo está oscuro, la lluvia me dificulta ver con claridad. Entro deprisa en la casa, me pongo una chaqueta, cojo una linterna y salgo de nuevo al porche. Enciendo la linterna y enfoco hacia los lindes de mis tierras, intentando encontrar a la mujer.

El perro empieza a distanciarse sin cesar de ladrar. Lo sigo con rapidez mientras él trota sin cesar de ladrar. Me conduce hasta el desvío del camino, en dirección al llano de los desfiladeros. Corro todo lo que las piernas me pueden dar.

He dejado de ver al animal, pero escucho sus ladridos, que resuenan con fuerza. Los sigo hasta llegar a una parte de la ladera donde los desfiladeros asustan. Voy con cuidado, no quiero resbalar por alguno de ellos. Bajo hasta donde puedo y alumbro con la linterna, buscando a la mujer, pero la lluvia y la noche no me ayudan.

El animal se queda inmóvil, ladrando, hasta que veo que algo se mueve el mar enfurecido: es el cuerpo de la mujer, que flota en las aguas bravas. Busco un lugar para bajar, pero es imposible acceder a ella. Un pico más alto sobresale del desfiladero y da hacia el mar. Comienzo a subir hasta él y salto al vacío. Impacto en el mar e intento localizar con la linterna al animal en las rocas para ubicarme en la oscuridad. Mientras lucho contra las olas, logro verlo e intento nadar hasta su altura. Localizo el cuerpo de la mujer, que está cerca de unas rocas. Sin cesar de nadar contra la marea, me dirijo hacia ella. Cuando la voy a agarrar, noto un golpe fuerte en la espalda y el mar me engulle hacia el fondo.

Las olas están enfurecidas cuando vuelvo a sacar la cabeza del agua para buscar a la mujer. La veo, pero también a una gran ola a punto de impactar sobre nosotros. Intento agarrar a la desconocida, pero la ola hace que choque contra las rocas. Siento un gran dolor en el brazo e intento aferrarme con el otro a una de las piedras, pero otra ola impacta sobre mí y se hace el silencio.

Todo está oscuro. Es una sensación rara. Estoy como en una habitación vacía y una sombra se acerca a mí. Intento moverme, pero no puedo. Escucho unos gritos de fondo, aunque no entiendo muy bien lo que dicen. Cuando la sombra está a escasos centímetros, reconozco a una mujer con una capucha que le tapa la cara. Está a escasos centímetros de mí y me susurra al oído que despierte. Abro los ojos y una luz me ciega. Un hombre me grita que van a sacarme de allí, que aguante. Un gran dolor me recorre el cuerpo. Creo que estoy subido a una barca por el vaivén de las olas. Mis ojos cansados comienzan a pesar mientras el hombre me sigue gritando que aguante, pero cierro los párpados.

Vuelvo a esa habitación oscura, donde relucen dos sillas vacías junto a una mesa. Sobre ella está posado mi vaso resquebrajado, derramando un licor que se convierte en un mar calmado. Me veo a mí mismo mientras floto. Estoy rodeado por tres mujeres y cada una tiene algo parecido pero diferente: la primera tiene marcada la cara con unas grandes ojeras y su mirada no brilla, refleja tristeza; la segunda se ve en soledad, a pesar de estar acompañada de dos más; la tercera está perdida, llena de melancolía, y me mira fijamente. Me quedo atónito. Intento hablar, pero no tengo palabras. Un nudo me rodea la garganta. Me observan mientras empiezan a deshacerse como un castillo de arena y mi cuerpo empieza a sumergirse en el fondo de ese licor. Mi cuerpo está frío, mojado. Cuando comienzo a ahogarme, unos brazos me rodean y me alzan mientras una voz que

reconozco me susurra: «Despiértate, no ha llegado tu hora».
Mis ojos están cansados. Se hace la oscuridad por completo.
Despierto y no sé dónde estoy o qué ha pasado. Escucho un
pitido que se repite. Abro los ojos y, entre parpadeos,
distingo una luz tenue y unas máquinas a las que estoy
conectado. Se acerca una sombra y distingo el uniforme del
hospital.

Enfermera: ¿Cómo se encuentra, señor?

Yo: Bien, creo. ¿Por qué estoy aquí?

Enfermera: Cayó al mar y unos pesqueros lograron
rescatarlo.

No recuerdo nada hasta que un clic en mi celebro me hace
recordar a la mujer que flotaba en el mar.

Yo: ¿Y la mujer?

Enfermera: ¿Quién?

Yo: Había una mujer en el agua. No me caí, salté a por ella.

Ella me mira sorprendida.

Enfermera: ¿Está usted seguro de eso?

Intento incorporarme en la cama, pero siento un gran dolor
de cabeza. En el brazo tengo una herida que han cosido, pero
no me frena para intentar levantarme. La enfermera me
detiene mientras le digo que tienen que ir a por la mujer. Ella
me ruega que me tranquilice. Vienen unos enfermeros que
me reducen en la cama mientras les grito que la mujer estaba
en el agua. Ella sale de la habitación mientras los otros me
inyectan algo que hace que el cuerpo se me relaje,
acompañado del vaivén de los párpados.

Cuando recupero la consciencia, en la habitación hay unos médicos junto a policías que comienzan a preguntarme.

Agente: Señor, lleva dos días inconsciente en el hospital. ¿Recuerda qué sucedió la noche que saltó al mar?

Yo: ¿Dos días y no han encontrado a la mujer?

Agente: No hemos localizado a nadie. ¿Recuerda lo que pasó?

Me pongo nervioso, pero les digo que había una mujer en el agua y que deben ir a buscarla. Uno de los agentes se acerca para tranquilizarme y me pide con calma que les cuente lo que recuerdo.

Yo: Estaba en mi casa cuando un animal comenzó a ladrar. Lo seguí hasta el desfiladero y vi a la mujer flotando en el mar. Salté para intentar rescatarla.

Agente: ¿La conocía?

Yo: No, pero había coincidido días atrás con ella mientras paseaba.

Agente: ¿Puede describirla?

Yo: No me fijé muy bien. La vez que la vi llevaba una pamela y un pañuelo en el cuello.

Los médicos detienen el interrogatorio al que me están sometiendo. Antes de marcharse, el agente me dice que van a buscar a esa mujer, pero que es muy importante que, si recuerdo algo más, se lo diga a las enfermeras. También que se pasaría a ver cómo me encontraba. Cuando se van, me vuelven a inyectar algo que me calma los nervios, pero siento pena por esa mujer. Estuve a punto de salvarla.

También me pregunto qué habrá sido del pobre animal. Aunque esté calmado, es inevitable llorar.

Han pasado tres días y solo he recordado que llevaba una camiseta de lino blanca. No dejo de pensar en esa mujer. Los trabajadores del hospital intentan hablar conmigo, pero no estoy por la labor. Solo hemos entablado conversación para saber quiénes eran los pescadores que me salvaron; nadie los conocía, estaban de paso. El agente ha venido cada día para preguntarme si me acordaba de más, pero no he podido ser de gran ayuda. No encuentran a la mujer ni saben quién es. Algunos lugareños dicen que hace más o menos un mes vieron a la señora que he descrito, pero nadie sabe dónde vive.

Hace una semana que estoy en hospital. Ha venido el médico para hablar de mi evolución. Seguramente, me darán el alta y podré marcharme a casa. Este trajín de gente me incomoda, aunque tendré que venir para que vean cómo evoluciona la herida del brazo.

Por la tarde, el médico firma el alta y me envía a casa. Como no tengo forma de ir, se han ofrecido a llevarme en una ambulancia. Cuando cruzamos la cancela, que siempre está abierta, y recorremos el camino hasta la puerta de mi casa, uno de los enfermeros me dice que hay alguien esperándome. No adivino quién podría ser y me extraña que haya alguien. Abren la puerta de la ambulancia y veo al animal sentando, mirándome fijamente. Cuando bajo del vehículo, el animal camina hasta llegar a mis pies, donde se sienta, cabizbajo. Le acaricio la cabeza mientras le pido al enfermero que llame a los agentes, porque el animal no es mío sino de la mujer que intenté salvar.

Se aleja un poco de mí para hablar mientras yo no dejo de acariciar al animal. Me agacho y me pongo a su altura. En sus ojos llorosos veo el reflejo del sufrimiento y no puedo evitar que su tristeza me contagie. El enfermero me dice que los agentes vienen hacia mi casa. Imagino que el animal estará sediento. Entro en la vivienda, cojo un cuenco y lo lleno de agua. Vuelvo al porche y le acerco el cuenco, pero lo rehúye y se tumba a mis pies, abatido. Es un alma moribunda.

En poco tiempo, aparece el agente que me ha estado visitando y le explico lo que sé sobre el animal. Se acerca a él para observarlo, saca una cámara y le hace fotos. Le pregunto qué va a pasar con el animal y me responde que se lo llevará a la comisaría porque no tiene otro lugar donde dejarlo. No sé muy bien cómo ni por qué, pero le pido si se puede quedar en mi casa hasta que le encuentre un sitio mejor. El agente accede a mi petición para que me lo quede mientras averiguan quién era esa mujer. Tanto el agente como los enfermeros se marchan y me proponen que, si necesito cualquier cosa, los llame. Les agradezco el gesto y me despido de ellos.

Me quedo en el porche, intentando que el animal beba. Tras colocarle reiteradas veces el cuenco debajo de la cabeza, accede. Hago ademán de entrar en la casa, pero un ladrido me frena. Me mira como pidiendo permiso. Le silbo para que venga. Corto unas rodajas de embutido para dárselas, pero no come gran cosa. He visto muchos animales en mi vida, pero ninguno tan triste como este. Me siento en el sillón y él se echa a mis pies, haciéndose una bola. El sueño viene a visitarme, pero sigo consolando su pena un rato más. Creo que entiende la situación. Los ojos me pesan y me dirijo a la cama. Mañana me levantaré temprano para ir a comprar. El animal me sigue a la habitación y, una vez estoy dentro de ella, me vuelve a ladrar como pidiendo permiso para subirse. Se lo concedo, indicándole con una palmada que suba. Salta a la cama y se posa en los pies, con una mirada rota y triste, perdida en el horizonte de la nada. Entiendo muy bien esa mirada; me siento tan reflejado en ella que no puedo evitar recordar.

Una vez me miré al espejo y vi ese reflejo, donde coexistes con la nada y olvidas que estas vivo. Solo ves el paso del tiempo encadenado, sin sentir ni frío ni calor. Solo estás en un pozo donde reina la oscuridad, con el recuerdo de mi olvido. Fue el final de un feliz pasado imperfecto en el que luché contra mareas y nadie apostó por mí.

Ella era una bala perdida que me atravesó el corazón y siguió su rumbo. Decían que era un imposible mientras yo solo regaba una flor que habían dejado secar. Con una armadura de valiente caballero, libré un gran duelo contra la adversidad, donde las primeras envestidas de sus palabras me mataban. Hundido en el fango, aprendí a luchar. A pesar de ver tan lejos el sueño de estar junto a ella, no cejaba en mi empeño. Me tambaleaba en una cuerda floja de domingos de resaca, donde mis abrazos eran su cobijo. Ella desaparecía el resto de semana y yo repasaba durante seis días mis pasos perdidos en el trajín de sus antojos. Aproveché lo que me dio para convertir las nubes en soles, haciendo ver que andaba por la derecha mientras corría por la izquierda. Transformé esos domingos en lunes, multiplicando por martes; viendo unas películas, llegué al miércoles y con canciones aparecieron los jueves. La llevaba a lugares donde los paisajes eran cuadros de los viernes, cuando intimábamos sin llegar a profanarnos, con caricias y tórridos besos de sábados. Sin darse cuenta, la tuve todos los días de la semana. Una tarde me dedicó una sonrisa que nos uniría. Asombrados quedaron los que no apostaron por esa relación; vieron mis brazos rodeándola, cómo nuestros corazones se fundían en uno y nuestros besos agitaban la tierra. Borré todos sus peros y señalé nuestro aniversario el decimosegundo día del séptimo mes.

Todos mis principios fueron de cuento de hadas que perdían la magia en sus finales. Este amor fue diferente. Comenzó con celos, discrepancias, distancias, bocas hablando más de la cuenta, otras que nos buscaban por separado, siendo infieles ignorantes. Superamos un tsunami y seguimos adelante. El latir de nuestro corazón derribaba cualquier palabra, cualquier situación. Si ella tropezaba, la recogía; si yo caía, ella me levantaba. Nos fuimos convirtiendo en magia. Recuerdo un paseo nocturno convertido en una aventura o tirarnos a lo loco por una cuesta en patines, bailando abrazados y dando círculos hasta estrellarnos. Una llamada de teléfono de siete horas y media, una riada que me robó las chanclas, la precisa palabra «melocotón».

Cuando nuestro barco navegaba en un mar calmado, después de haber pasado tempestades, cuando el cuento de hadas comenzaba, llegó una ola de mi pasado que nos hizo naufragar. Rompiendo mis promesas, tuve que abandonarla porque no podía hacerla feliz mientras sentía algo que siempre estuvo en los más profundo de mi ser: mi primer beso, mi primer te quiero, mi primera lágrima, mi primera persona.

Enterré entre desdichas aquel amor y partí. Crucé fronteras y marché a una guerra que se inició cuando yo era solo un niño. Al terminar aquella guerra, regresé con aquel pasado enterrado, pero sin victoria ni fracaso. Cerré un capítulo maravilloso, que quedó como un episodio más de mi vida.

Tardé un tiempo en cruzármela, pero el destino del azar volvió a resucitar ese amor que una ola volcó. Hubo un día que me brindó su presencia, gracias a alguien muy especial en mi vida que manejó los hilos de nuestro reencuentro como marionetas. Fui a buscarlas a las dos y, como con un conjuro de amor de una nota escrita de su mano tirada en la parte de atrás de mi coche que coloqué con mucha picardía. Mientras sonaba una triste canción de amor, abanderada de nuestro pasado, recorrimos un trayecto en silencio, en el que nuestras miradas se juntaban por el cristal del retrovisor. Más tarde, cuando nos quedamos solos, todo volvió a fluir.

Fue una etapa dura para ambos. Aunque era indudable que nos amábamos, en ese primer tiempo de nuestra vuelta siempre mantuvimos una tensión que saltaba a la mínima. Pero siempre lo superábamos. Dejando el presente y abriendo heridas del pasado, sobrevivimos a derrumbes, construimos una vida juntos, pieza a pieza montamos el puzle. Cuando los trozos encajaron, cuando nos iba bien, ella me pidió un deseo al que yo me opuse en un principio: formar una familia. Estuve meses rechazando su petición, y barajé todos los pros y contras; me costó dar el paso de concederle su deseo, que me acabó cautivando. Cuando me imaginé una vida de tres, me contagió su deseo hasta perderme en ello. Poder crear una vida junto a ella fue la experiencia más bonita que he vivido.

Jamás pensé que al primer mes de intentarlo se quedaría embarazada. El día que me lo dijo nos fundimos entre lágrimas, besos y abrazos. Coloqué la mano en su barriga y sentí un cúmulo de sentimientos que no puedo describir. Es muy difícil explicar cómo pude amar a alguien en cuestión de segundos.

Pero ella era caprichosa y se deshizo a su antojo de aquello que tantas veces me pidió casi con exigencia, sin tener yo voz ni voto. Los papeles habían cambiado: yo moría porque aquella vida naciera mientras ella bombardeaba con mentiras esa vida. Luché con todos mis pros mientras ella lanzaba sus alocadas contras. Dejé que contara su mentira, que aquello fue un accidente; mentí a sus padres, a los míos, a muchos amigos, sin saber que a quien se le estaba engañando era a mí. Fui un don nadie al leer la carta de muerte. El tiempo estaba estipulado y yo, roto en mil pedazos, sin entender por qué la mujer que supuestamente me amaba me hundía la vida. Un veinticinco de diciembre, a las cinco y cuarto de la madrugada, murió esa vida que en ella crecía. Lo tapó con excusas, sin darme una explicación de por qué lo había hecho. Cuarenta días después, la dejé, a pesar de quererla con todo mi corazón. Desaparecí con mi dolor, que a muy pocos importó. Tardé muchos meses en reponerme de la espiral de oscuridad y tristeza; era un alma en pena que recorría los días con melancolía; mi mirada estaba rota, triste, perdida como la mirada de aquel animal.

Desaparecí y enterré todo sentimiento mientras las mentiras otra vez me señalaban. Ella transformó su versión a su antojo, pero a mí poco me importaban las manos que me señalaban, pues no era capaz de olvidar la vida que jamás nacería por el capricho de alguien que me juró que siempre me amaría.

No fue nuestro fin. Siempre que ella estaba triste, acudía a mí porque sabía que era mi talón de Aquiles. Hasta que ya no pude más. Cada vez que acudía, me autodestruía. No dejé de amarla, pero fui incapaz de perdonarla por la espina clavada que hacía desangrar mi alma. Esa vida que creamos no la dejé morir en el tiempo; la protegí del olvido, recordándola para que una parte de esa pequeña vida siempre permaneciera en mí.

No te nombro porque quiero que mueras en mi olvido, aunque no lo consigo y sigo recordando una vida.

Te recuerdo por una sonrisa de amor que me regalaste, por un principio alocado con una regadera de castillos de arena en el cielo, por una noche de paseo convertida en una aventura, por siete horas y media, por un inoportuno y bendito melocotón, por un imposible convertido en milagro, por los «te odio» dichos con cariño, por las caricias desgarradoras, por una riada que mis chanclas se llevó, por la desdicha de corromper nuestros corazones, por no saber llevarte mejor, por tus caprichos, porque éramos puro amor, por una cuesta en patines, bailando los dos, por una nota tirada detrás del sillón del conductor, por el karma, por una triste canción de amor, por tener pactada y sellada una vida que nunca vivió, por esa traición; porque el tiempo no cura todo, aunque mece a mi alma para apaciguar el dolor, porque eres mi talón de Aquiles, por secarte las lágrimas a tu antojo, un día sí y doscientos no; por un beso que me robaste llamándome ladrón, por guardarme a escondidas, por regalarme a muchos grandes en mi vida. Por solo un motivo todo se acabó. Sonrío al recordar nuestro amor, pero también por saber que nunca volveré a beber de esa botella que una vez me emborrachó.

Condenado a muerte antes de que llegaras, fruto del engaño de alguien que me amaba y marcó con una estaca mi alma. Perdón por no haberte defendido en tu juicio, pues me apartaron de tu camino como a una pluma de un soplido. Ni voz ni voto tuve. Caí en el fondo de un foso de paredes lisas, de arena fina, de enredaderas con espinas. Culpable por dejarme embaucar, por intentar recoger cenizas dentro de un huracán. Vago entre la gente, disfrazando mi pena con una sonrisa de alegría, y tapo tu ausencia con melancolía. Porque tú nunca verás el sol ni yo sentiré tu calor. Hubiese dado mi vida por ver tu sonrisa, por escuchar tu llanto, por ver tus primeros pasos; por ser el guardián de tus sueños, el narrador de tus cuentos, el escudo de tus miedos; por levantarte en tus caídas, por verte crecer mientras yo envejecería, por secar tus lágrimas. Por un solo minuto de tu vida, yo hubiese dado a cambio la mía. Allí donde estés, no te dejaré morir. Te protegeré del olvido para que una parte de ti pueda vivir en mí. Duerme en paz, mi pequeño, pues grabado a fuego en mi corazón siempre te llevo.

Me despierto con el alma y el cuerpo doloridos. Sigo tumbado. Mi mente me está extorsionando y recorre mis pasajes en busca de quién podría ser esa mujer mientras mis recuerdos son esclavos de un pasado que no logro olvidar. Aunque algunos los lleve grabados a fuego debajo de la piel, otros no logro recordarlos. La única pista es su rostro, que me resultó familiar. Quiero creer que es alguien de mi pasado, pero quién. Esa duda me está consumiendo. A la vez, pienso que también puede ser alguien del pueblo que se haya fijado en que coloco flores en mitad del camino, alguien que se hubiera apiadado de un callado huraño; sería la explicación más lógica.

Estoy preocupado por el animal. Está encadenado a su tristeza, sin poder disimular su pena. Sus sentimientos son tan tangibles que me sorprenden, aunque no conozco a un animal que pueda disimular lo que siente: ira, rabia, tristeza o dolor; envidio esos gestos de ellos, su sinceridad a la hora de mostrar sus emociones. Recuerdo una ocasión que tuve que ocultar las mías. Recuerdo enamorarme solo por un momento del fruto prohibido, pero sin poder tocarla. Ella siempre tenía una sonrisa, ambrosía para mí, aunque la vi morir por amor sin poder salvarla.

Para mí era pecado traicionar a un amigo con un lío de faldas, pero maté a la cordura con un amor prohibido que confundí en secreto. Sequé sus lágrimas, me paralizó un abrazo y quedé rendido a su cuerpo para calmar sus nervios. Confundí una amistad tan pura y me enamoré de ella, pero encarcelado, sin dejar salir cualquier resquicio de sentimiento culpable. Invoqué a los dioses para calmar mi ansiedad de mirarla, pero nunca le fallé a la amistad. Pronto enterré el amor que un día soñé y cosí mi cicatriz para esconderla bajo la piel de un perro viejo. El viento se llevó todo resquicio, como hojas de otoño. Guardé la distancia y me alejé de su llamada, quedándome con mi soledad. Aprendí el mal de amores de un triángulo isósceles. Aunque me entristezca, me sentí orgulloso de mí, porque nunca le fallé a un amigo que se viste por los pies. No mordí la mano de alguien que siempre me la tendió.

Recuerdo que el amor puede ser bonito y cruel a la vez, pero también que, a veces, no fallé.

Porque fuiste fugaz, pero recuerdo esa intensidad. Mi mirada clavada en tu cintura, consolar tu llanto y sacarte una sonrisa. Por ser la alegría en un abrazo que me dejó callado y por ser la maldad en mi interior, eres el único amor agridulce que jamás probaré. De tus labios no beberé el elixir de la traición, pues eres un amor maldito que no quiero obtener. Estoy orgulloso de la cicatriz que me dejaste. Rezo sin saber bien a qué, pero consciente de que no volverá a pasar. Solo quiero que mis ojos te miren sin profundizar más allá del verbo amar. Siendo sincero, fuiste tú quien me enseñó quién soy de verdad.

El sol ha salido, pero el dolor no remite, como si tuviera mil puñales clavados en el cuerpo. Quiero sacar al animal a ver si consigo distraerlo y animarlo con un ligero paseo. Camino despacio mientras el animal sigue mi paso. Cuando me detengo, él se sienta a mi lado. Sigue con una actitud apagada. Nos sentamos casi a las afueras de mis tierras, en un tranquillo. Tumbado a mis pies, el animal alza la cabeza y me mira. Se sienta y apoya la cabeza en mis rodillas. No puedo evitar sentir tristeza y empiezan a emanar unas lágrimas mientras pienso qué injusta es la vida. Con un nudo en la garganta, la rabia enloqueciéndome y mirando al cielo, pierdo la cordura y me peleo con mi interior. Grito en silencio. Dios, que eres tan justo y benévolo, por qué me has hecho partícipe de este acto; intenté salvar la vida de esa mujer para que después te la llevaras a tu antojo. Lo hiciste una y otra vez. Por mucho que luché, me lo arrebataste todo. Sabes bien que, desde aquel día, dejé de creer en tu palabra. Jamás te volví a pedir nada. Hoy vuelves hacerlo, porque dicen que tus caminos son inescrutables y tienes un plan divino para todos. Por eso no creo en tu bondad ni en ti. Eres un bulo que crearon para dominar masas, eres la mayor estafa que han creado. Dime dónde está tu bondad en tanta desgracia. Tu reino tiene un precio donde los pobres no tienen lugar, porque tus súbditos ponen precio a una plegaria, toda una pantomima. Prefiero arder en el fuego eterno del infierno que pagar un pase vip para tu cielo.

Después de mi desahogo callado, se acerca y me lame la cara. Abro los ojos al quedarme asombrado. Incluso gritando en silencio, me puede escuchar. Es inmensa su bondad. Lo abrazo y, acariciándolo, me levanto. Me seco las lágrimas y camino despacio, con el animal pegado a mi lado. Parece que me está cuidando él a mí, en vez de yo a él. Vuelvo a casa para curarme la herida del brazo, la huella de su dueña para lo que me resta de vida.

He compartido mi comida con el animal. Mañana debería bajar al pueblo a comprar alimentos. No puede pasar más tiempo. Transcurre la tarde, sentados en el porche. De vez cuando, cruzamos miradas y solo contemplamos el sol, cómo va cayendo y alumbra un atardecer amargo. Espero hasta ver en el firmamento una nueva estrella que protegerá al animal. Sé que ella tuvo que darle todo el cariño que alguien pueda regalar; pondría la mano al fuego y aseguraría que ella amaba con locura. Me siento obligado a ser el legado de ella, pues no se merece menos. Él hizo lo que cualquier humano en su civismo hubiese hecho, es un héroe anónimo que hizo todo lo que pudo por salvar a su dueña.

Cae la noche. Mi vaso resquebrajado no se desbordará, no es momento para brindar, aunque haya que olvidar para seguir adelante. Como hice siempre en mi pasado: remar y remar sin mirar nunca atrás. Esta vez tengo compañía, aunque no sé el tiempo que me acompañará. Pero haré todo lo posible para que sobrelleve sus días de tristeza, intentando hacer alegre su paso por mi vida.

Hubo un tiempo en el que tuve fe, pero la abandoné. Mentiría si digo que no te recé en más de una ocasión. Incluso, hice actos creyendo en ti, pero no me bastó para retener mi fe. Para informarme, leí un libro escrito a antojo de muchos y me quedé con un pequeño texto: «Soy el cordero que se perdió». La vida en sí me enseñó que no hay un plan divino para nadie. Vi morir gente joven con toda una vida por delante. Cómo puedes mirar a la cara de alguien y decir: «Los caminos del Señor son inescrutables». Cómo pueden negarle la entrada al cielo sin ser bendecido por tus aguas. No logro entender que haya unas tasas que abonar pidiendo la voluntad con un precio fijado; estafadores son los que promueven tu palabra. Por eso, prefiero arder en el fuego eterno antes que pagar una entrada con mil tasas a lo que llaman cielo.

Solo tengo fe en mi decisión. Si giro hacia la derecha o hacia izquierda, si sigo caminado o retrocedo, acarreando las consecuencias de mis actos, no tendré un juicio final porque no habrá Dios que me pueda juzgar.

<u>Noveno Acto</u>

Después de la tormenta que hemos pasado, empiezo a ser persona. Me he levantado pronto para recoger leña por si los días de frío todavía no nos dejan. El animal sigue en la cama. Me dirijo al cuarto tras poner a calentar la tetera. Lo miro y, como si se tratase de una persona, le gruño: «Levántate. Durmiendo no ahogaras tus penas». El animal se sienta en la cama, me mira y me ladra. Salta al suelo y pasa por mi lado con una indiferencia que me dibuja una sonrisa. Cada día me demuestra más que me entiende a la perfección. Mientras me tomo el té, abro la puerta que da al porche, pero todavía no tiene muchas ganas de salir, a pesar que hace un buen día. A mí me apetece un poco de luz y salgo a terminar el té. Pienso que tengo un poco descuidado a mi ganado y me dirijo a comprobar que todo está correcto.

Tengo un caballo llamado William que vive en libertad por mis tierras. Me lo regaló un anciano que falleció. Siendo un potrillo, se rompió una pierna. Lo iban a sacrificar y cayó en mis manos. Cuidé de él y le limpié las llagas que surgieron por su inmovilidad. Casi como un milagro, caminó, aunque con una débil cojera. Nunca lo monté, lo dejé a sus anchas. Lo respeto y él a mí. A veces, se acerca para que lo cepille, es muy orgulloso.

También tengo un cerdo que compré cuando era un lechón. Lo llamo Jota y vive igual que William. A veces, los veo pastar juntos. No muestra mucha inteligencia, es más bien torpe pero simpático. Siempre me sale al paso cuando limpio las cuadras, llevando una rama de regaliz que le encanta. Se deja acariciar hasta tumbarse para que le rasque la panza.

Tengo una cabra enana llamada Sky. Cuando la miro, veo en ella la alegría. Es traviesa y se sube encima de las cuadras para saltar al vacío en las montañas de heno. Siempre está detrás de Jota cuando se tumba tranquilo a tomar el sol caliente. Ella lo molesta y salta sobre él. Hacen una buena pareja juntos. Kiti es una gallina que apareció después de una tormenta, hace un año. Es autónoma; no molesta a nadie y hace su vida en soledad. A veces, se pasea por el porche, manteniendo la distancia. En todos mis animales hay algo de mí: el orgullo de William, la torpeza de Jota, la locura de Sky y la soledad de Kiti, pero vivimos los cinco en armonía. Pienso en el perro y no sé cómo nombrarlo. Hago memoria de cómo lo llamaba su dueña el primer día que la vi, pero no lo recuerdo.

Tengo que bajar al pueblo a comprar vivieres para mí y mis animales. A pesar de haberme levantado con fuerzas, no podría cargar con la compra. Debo de tener una tarjeta con el número de teléfono del establecimiento. Se me ocurre llamar para que me lleven la compra una calle más abajo, donde se encuentra el almacén. Deduzco que el repartidor me lo podría acercar. Llevo veinte años yendo al mismo sitio a comprar. Supongo que, si le pido el favor, lo hará. Busco la tarjeta por la casa hasta dar con ella. Llamo al teléfono y me responde la señora que siempre me atiende. La reconozco porque tiene una voz muy bonita.

Yo: Buenas, quisiera saber si podría hacerle un pedido para que pasaran a buscarlo o si usted pudiera llevarlo al almacén de piensos. Me haría un gran favor.

Dependienta: Sí, claro, dígame lo que quiere.

Le dicto una lista de comida y una botella de Bourbon.

Dependienta: Disculpe, ¿usted es el hombre que vive al final de los desfiladeros?

Yo: Sí.

Se hace un silencio que rompe ella.

Dependienta: pues ahora se lo prepararé.

Yo: Muchas gracias.

Me sorprendo por el silencio, pero supongo que habrá llegado a oídos de la gente el altercado. Tras colgar la llamada, pienso en que la dependienta siempre ha sido muy agradable conmigo, pero nunca he tenido un trato cercano con nadie. No he querido tener amigos. Nada más llegar a esta isla solo me relacioné con el anciano que me regaló a William. Era un señor reservado pero educado. Nunca se metió en mi vida ni yo en la suya. A él le compré a Jota y Sky. Nunca me formuló una pregunta sobre mi pasado. Lo veía casi a diario porque era suyo el solar que linda con el mío. Hablábamos del día que hacía, de lo que había sembrado, de sus animales; un trato cortés de vecino. Pero falleció, ley de vida. Siempre acaba llegando la muerte. Cuando murió, su familia lo vendió todo. Ahora es un campo donde la maleza ha borrado el paso de aquel anciano. Creo que Kiti es la única que quedó en aquel solar y por eso recaló en el mío.

Tengo un trato correcto con el hombre de la tienda de piensos, un señor alemán. Lo sé por su acento. No entablamos mucha conversación. Lo llamo y me trae el pedido a casa, incluso me lo coloca en las cuadras. Le dejo buenas propinas. Con el hombre del vivero, más de lo mismo. La primera vez que fui, buscaba lirios azules. No tenía, pero al día siguiente los consiguió. O el camarero de un pequeño bar en el que rara vez me detengo a tomar un café aguado. Siempre me invita a un licor de la región que elabora él mismo. Es una bebida muy fuerte que hay que beber despacio. Ahora puedo decir que he ampliado mi círculo. Conozco a unos agentes y a sanitarios. Tal vez sí estoy dejando de ser huraño. Sonrío ante mi sarcasmo.

Llamo al dueño de la empresa de piensos para hacerle el pedido y comentarle que irá la dependienta del establecimiento a llevarle unos recados para que me los traiga si no le supiese mal. Con amabilidad, me responde que no habrá problema, que a media mañana me lo acercará. Mientras tanto, me dirijo a las cuadras y el animal me sigue. Voy por un caminito de piedra que construí hace años para no mancharme de barro en los días de lluvia. Aparece Sky, que siente curiosidad por el animal. Lo mira desde una distancia prudente, pero revolotea de un lado a otro. Para mi sorpresa, le sigue el juego a Sky. Los dejo juntos mientras me dedico a limpiar las cuadras. Saco la suciedad con agua, que se pierde por una acequia. La construí para que se dirigiera hacia el campo y abonara esa zona, donde la hierba es muy abundante. Con ella, William se da buenos festines. Cuando acabo, es casi media mañana. Me siento en una vieja silla para contemplar el paisaje, pero veo venir de manera apresurada a Jota; es la señal de que el repartidor ha llegado. Alzo la vista hacia la entrada de mi casa y veo el camión. Le indico que entre hasta llegar a mí.

Repartidor: Buenas señor, le traigo el pedido.

Yo: Déjelo donde pueda.

Repartidor: ¿Dentro de las cuadras? Veo que tiene el brazo dañado.

Yo: Sí, me lo dañé hace poco en el mar.

Repartidor: Lo sé. No se habla de otra cosa en el pueblo. Me sabe mal por la mujer.

Me sorprendo con sus palabras. Es un pueblo muy pequeño, con una aldea más hacia el oeste; tampoco me debería de extrañar.

Repartidor: Hablé con Karen sobre el pedido y me dijo que se lo subiría ella misma más tarde.

Deduzco que Karen es la dependienta del establecimiento.

Yo: Muchas gracias. ¿Qué le debo?

Repartidor: no he preparado la factura, ya se la acercaré. Si necesita cualquier cosa, no dude en llamarme.

Yo: De nuevo, gracias por todo. ¿Puedo ofrecerle algo de beber?

Repartidor: Lo siento, tengo varios pedidos que llevar, pero le cojo la palabra. La próxima vez me pararé a tomar algo con usted.

Vuelvo a mi casa para ver lo que puedo prepararme para comer; el perro se queda atrás, distraído con mi pequeño ganado. Pasando el mediodía, me apetece beber algo, pero la mujer de la tienda de comestibles no ha venido aún. Me acerco a un viejo mueble bar en el que guardo algunas botellas. Entre ellas, hay una que bebo solo en copa grande, sin mucho hielo. Me recuerda al pilar más grande de mi vida, al que me lo enseñó todo; era pura sabiduría. Solo bebo de esa botella cuando quiero pensar en lo que me aconsejaría.

Murió unos cuantos años antes de que me instalara aquí. Cuando salíamos a comer juntos y en la sobremesa, siempre pedía su ginebra preferida, sin mucho hielo. Una de sus manías era echarse él la copa; no le gustaba que nadie se la sirviera. Tenía un restaurante que lo absorbió tanto que dentro de él perdió la vida. En su local era un hombre feliz. Estuvo allí casi medio siglo, por donde pasaron abuelos, padres e hijos, clientes convertidos en familia. Fue un hombre muy querido por todos, aunque, cuando llegaba a casa, era más solitario. No hablaba mucho, pero en mi adolescencia siempre estuvo allí para aconsejarme tanto si lo hacía bien como si me equivocaba.

Él se iba temprano de casa y hasta la madrugada no llegaba. Años más tarde, cuando dejé la adolescencia, lo esperaba para cenar y conversábamos. Me daba consejos para no tropezar y a la vez para hacerme caer y ver que podía ganar con solo levantarme. Me enseñó a ser fuerte y heredé su carácter. En ocasiones, chocábamos por tonterías. Siempre decía que sería inmortal y no le faltó razón. A pesar que se marchó de nuestras vidas, yo lo sentía junto a mí.

Salíamos a comer y daba igual si la comida era ostentosa o mediocre, no le importaba la factura. Con su copa de ginebra, siempre decía que ese era el mejor momento de su vida, estar a gusto con su familia. Le daba igual trabajar día y noche porque, cuando llegaba ese día, sonreía. Daba discursos para encontrar la felicidad que el halló. Decía que el dinero solo es papel, que no importaba cuánto tuvieses porque, si no había nadie con quien disfrutar de ese momento, tu vida no tendría sentido. A veces, fue cruel escogiendo palabras, pero, de todas las que me dijo, solo una vez me pidió perdón.

Dos semanas antes de fallecer, en una de nuestras comidas, dijo algo sin maldad que me hizo sentir mal. No contesté, pero mi cara era reflejo de mi alma. A la semana siguiente, fuimos otra vez a comer. Salimos a fumar y, antes de empezar con las copas, me apartó y me confesó que no debió decir lo que dijo. Yo le quite importancia, pero él hizo hincapié en que no pensaba eso de mí, que me quería. Volvimos dentro y nos tomarnos unas copas. La lección sobre pedir perdón cuando se había equivocado fue la última que me dio, pues murió una semana más tarde. Todavía le pido consejo, pero no obtengo respuesta. Me enseñó que, decidiese lo que decidiese, tanto para bien como para mal, sería decisión mía. Si acertaba, que lo celebrase; si me equivocaba, que me levantase, porque en esta vida siempre debes ser fuerte, aunque te tambalees y pierdas fuerzas. No podría haber tenido mejor maestro ni amigo, y orgulloso estoy de haber sido su hijo.

Te recuerdo porque me pusiste tu nombre, por ser un hombre que sacó a su familia adelante, trabajando día y noche. Por tu genio acompañado de tu bondad, por hacerme tropezar para aprender a levantarme y a disfrutar de los pequeños detalles. Por esperarte de madrugada para cenar contigo. Recuerdo tu sonrisa cuando discrepábamos y me dejabas sin argumentos, dándote por ganador. Recuerdo a toda la gente que te quería por ser un hombre de palabra, por un perdón antes de que te marcharas, por atarte una pulsera la última vez que te vi. Recuerdo una promesa que no pude cumplir: el ponerle nuestro nombre a mi hijo. Por no imponerme a ser como tú, sino que fuese yo mismo a pesar de que, al verme en un espejo, te veía a ti en el reflejo. Te recuerdo porque no podría tener mejor padre. A pesar de que me enseñaste todo, se te olvido la lección de cómo decirte adiós. No hay día que no te eche de menos, aunque sé que siempre has estado a mi lado, porque sigo escuchando tus sabios consejos.

<u>Décimo Acto</u>

Me he llenado una copa de ginebra en memoria de mi padre porque él me enseñó a ser fuerte en los momentos duros. La saboreo y disfruto del momento. A pesar de estar solo, tengo una buena compañía; el animal no aparta la mirada de mí y con él lo celebro, como le gustaba a mi padre.

Al caer la tarde, no logro acordarme del nombre del animal. Decido llamarlo Piti, como una perrita que tuve y a la que mi padre llamaba así. Esa palabra también me recuerda a otro amor, si se pudiese llamar así, porque fuimos todo sin ser nada.

Todo empezó cuando dejé de creer en el amor. Desahuciado de todo sentimiento, renunciaba a cualquier mujer. A pesar que me maquillaba con una sonrisa, aún guardaba un tremendo dolor que me oprimía el pecho, sin dejarme respirar, donde la muerte estaba presente, pero a la vez la vida se abría paso. Conocí a una chica por una apuesta. A pesar de estar hundido, de capa caída, perdido y sin encontrar la puerta del laberinto, mi labia seguía tan afilada que cortaba lágrimas antes de que recorrieran su camino.

Celebrábamos el cumpleaños de una persona a la que le tenía mucho cariño. Ella esperaba a un niño y estaba fuera de cuentas. La vida le regaló en su día el nacimiento de su hijo. Cuando rompió aguas, los amigos la acompañamos. Nada más entrar al hospital, vislumbre a una chica a la que le perdí la pista entre los largos pasillos del hospital. Esperábamos en la sala de urgencias hasta que nos enviaron a la del paritorio. Cuando entramos, vi de nuevo a esa chica que había llamado mi atención. Estaba sentada sola. Yo no buscaba nada, pero calentaron mi orgullo de conquistador con el pretexto de conseguir su número de teléfono. Me presenté y entablamos una grata conversación.

Su hermana estaba dando a luz, y ella esperaba a que su familia llegase. Mi labia era escurridiza, no daba un paso en falso y supo esperar ese momento donde un segundo determina la victoria del fracaso. Las horas corrían, su familia había llegado y éramos una veintena de personas, pero yo solo la escuchaba, esperando a que mi presa se pusiera a tiro. La suegra de su hermana dijo que se había dejado el teléfono mientras mantenía la conversación con la chica sobre unas fotos de unos cachorros. La mujer, al ver tanta gente, nos preguntó si alguno queríamos un cachorro. Ese fue el instante, el segundo donde la duda no puede existir, donde puede separar la victoria de la derrota. Pregunté sobre los cachorros. No los quería, pero sabía que la suegra de su hermana no tenía el móvil y la chica sí tenía fotos en su teléfono. Me jugué la única carta a que me enviara esas fotos a través del teléfono, con el pretexto de que me quedaría uno. Con un único disparo, conseguí su número.

Para mí ya había sido una gran victoria: mis mejores amigos habían sido padres, gané la apuesta, me llevé una conversación grata donde relució mi labia, conocí a esa chica que me pareció un ángel y me llevé un cachorro, aunque no era mi momento para intentar nada más. Pasaron dos días cuando le escribí a aquella chica con la intención de solo recoger al cachorro. Me contestó al momento, dándome la dirección donde tenía que pasar a buscarlo y que me lo acercaría la suegra de su hermana. A ella no volvería a verla, pero no me importó; seguía con la neblina de la mañana, con mi barco fondeado en la nada de un mar gélido en calma, donde vivía mi alma perdida entre los días, esperando su muerte para matar mi pena.

Fui a buscar al cachorro para llevárselo de compañero a la perra que teníamos en casa. Pasaron los días y el destino del azar hizo presencia. Recibí un mensaje de la chica, en el que me preguntaba qué tal estaba el perro. Le contesté que bien y que, si quería verlo, podía venir cuando quisiera. Esa noche, después de que ella saliera de trabajar habíamos quedado cerca de mi casa, en un pequeño parque que le pillaba de paso.

Cerca de la una de la madrugada, porque ella trabajaba de noche, nos volvimos a ver. Se alegró de ver al cachorro, me preguntó por el niño de mis amigos y me enseñó una foto de su sobrina, a la que llamaba cariñosamente Piti, como mi padre a mi perra. Tal vez fue coincidencia o el destino nos juntó por un motivo; éramos dos almas con un dolor que podíamos consolar. Aquella noche nos desnudamos dejándonos la ropa, las palabras abrieron un amanecer con un vaso de leche en un pequeño bar de carretera. Nos dieron las nueve de la mañana cuando dimos fin a esa no cita, aunque quedamos en repetir la siguiente noche.

Ella tenía un seminovio algo raro y yo no veía que aquello fuera a ningún puerto, pero tampoco quería atracar mi barco. Las noches fueron sumando hasta convertir en algo habitual vernos cada madrugada. Hablamos de experiencias vividas y de pérdidas que nos hundieron. Poco a poco, la neblina se fue despejando y mi barco arrancó, aunque yo me negara a navegar. Ella era el faro del pálpito de mi corazón y con cada latido soplaba la vela para que me acercara más. Cuando llevábamos más de un mes viéndonos cada noche, llegó su cumpleaños. Había quedado con su seminovio, pero yo tenía el presentimiento de que no aparecería. Rompiendo la regla de quedar por la noche, nos vimos por la tarde. Le regalé un libro de un gran escritor; le gustó el detalle, aunque a día de hoy no sé si llegó a leerlo. Nos despedimos y cuando se marchó sentí celos, pero no enfermizos, sino por pensar que iba a estar en brazos de otro. No me gustó nada, me estaba enamorando de ella. Luchaba entre el deber y el querer, pero el miedo era quien me apartaba de ese debate para que no me volvieran a dañar.

Esa noche recibí una llamada de ella. Su seminovio no había aparecido y estaba rota, así que salí a su encuentro. Hice lo que mejor se me daba en la vida: robar sonrisas. Esa noche hubo una frase que marcó nuestro futuro: «Todo tiene fecha de caducidad». Le di la razón. Si no conservas cualquier cosa, bien sea amistad o un amor, le estás poniendo fecha de caducidad y, a pesar de que nosotros nos cuidábamos bien, nuestra historia también la tendría.

Al amanecer, antes de despedirnos, le arranqué una sonrisa y aparté mi miedo, dejando ver un pequeño destello del deber: debía mostrar de nuevo mis sentimientos, no podía seguir viviendo en un barco abandonado a su suerte; y del querer, porque quería amarla. Era perfecta, era un ángel que me enseñó el camino del amor. No sabía cómo acabaría esa batalla, pero sí que estaba dispuesto a lucharla rompiendo recuerdos y presentándome a la primera línea. Aunque la perdiera, daría mi vida en ello. Había que vivir los instantes que quedarían grabados en mis recuerdos, fueran amargos o dulces, de felicidad o de tristeza. «De todo se aprende», dijo un día un sabio que me guardó en su regazo para protegerme de mis miedos.

Al día siguiente, retomando nuestra rutina de noches hasta amaneceres, la invité a dormir en mi cama; no por llegar a la cuarta base, sino porque vivía lejos y yo siempre pasaba pena de que condujera el coche. Ella aceptó y, cuando llegamos a mi cama, ni la rocé. Dormimos dejando claro que no iba a pasar nada, un acuerdo pactado. Aunque era evidente que había algo entre los dos, entre canciones fuimos pasando las noches, donde nunca fallaba a la cita de mi cama. Sin rozarnos, nos devorábamos el alma entre caricias.

Una noche de tormenta, dentro de mi coche, le medio confesé lo que sentía. Ella dibujó un «no» como respuesta en el cristal de mi coche; yo lo convertí en una vaca y le robé la sonrisa. Se acercó a mí, me cogió la cara durante unos segundos. Yo cerré los ojos y temblaba, esperando un beso de película, pero me regaló uno tierno en la frente. Desde ahí empezamos nuestro tonteo. Vivía prácticamente en mi casa, hacíamos vida de pareja, pero ni siquiera nos habíamos besado. En la cama había atracción y dormíamos enredados, rozando nuestros labios, pero sin sellarlos. Pasaron los meses hasta que la magia de un ángel me rodeó con sus alas y me cuidó bajo su aura. Tengo mil imágenes junto a ella, donde la mirada dibujaba a dos enamorados. Llegamos a conectar tanto que con solo estrecharle la mano podía entenderla; nuestras miradas y conversaciones de horas sin palabras. En ese momento, nos distanciamos. Yo quería más, pero ella no podía dármelo.

Pasamos meses si vernos tanto, pero me venía a la cabeza y el destino del azar no me abandonó, lanzó buenas cartas y conseguí estamparle un beso que guardó cinco horas de secreto. Sabíamos que teníamos fecha de caducidad porque, por muy ángeles que fuéramos, no fue suficiente para mantenernos a flote y de nuevo nos distanciamos, aunque no me dolió. Nos amábamos y tuvimos un amor que nos rescató del infierno. Aquel día que coincidimos, su historia encajó con la mía y creamos la nuestra. A pesar de no tener un final de cuento, fue una historia mágica, de las que te enseñan que el amor nace sin esperarlo o quizás el destino del azar hizo cruzarnos. Fuese lo que fuese, fue bueno para los dos. Cosió mi corazón trozo a trozo hasta que latió, lo regó hasta emborracharme de amor y, cuando se marchó, lo dejó intacto, sin romperlo. Yo le enseñé a levantarse cuando nadie le tendía una mano. Aunque mis lágrimas hablen de ella y no funcionó, aun sintiendo tristeza, se me dibujaba una sonrisa en la cara, y era extraño.

Ella trabajaba mucho, así que yo iba a verla de vez en cuando. Incluso cuando ella se volvió a enamorar, no falté a la cita para brindar por ello. Pero nuestra amistad caducó porque, cuando ella sí tuvo tiempo, dejó de regarla, se volcó en su nuevo amor y un reproche que lancé lo agarró para decirnos adiós.

Aunque mis lágrimas tuviesen su nombre, nunca le guardaré rencor, porque fuimos todo sin ser nada y por convertir mis defectos en virtudes. Le enseñé que valía más de lo que ella creía y se llevó mi pena por yo coger la suya un cuatro de julio. Gracias a ella quedó un resquicio de luz en mi interior. La recordaré por noches estrelladas y amaneceres de rozar el cielo con los pies en el suelo, por un río seco donde se escuchaba el paso del agua, por conectar dos en uno, por sabias palabras tatuadas y porque, si los sabios hablaran de amor, hablarían de nosotros dos.

Te recuerdo donde nace la vida porque de casualidad resucitaste la mía, por tu número que conseguí con picardía, por la primera noche que quedamos y desayunamos con el alba, por el amanecer sin rozarnos, por mi constancia, por un no convertido en una vaca, por una pérdida que te pesaba, porque aliviaste la mía; por una sonrisa que siempre te robaba detrás de la mía, que siempre esbozaba cuando tú aparecías; por muchas noches mirando las estrellas que pintaron encima de mi cama; por una noche de tormenta en que me cerraste los ojos y me besaste la frente; por un beso que te robé, censurando cinco horas; porque, al estrechar tu mano, todo lo sabía; porque lo fuimos todo sin ser nada, por tu orgullo, por el mío, por tener fecha de caducidad hasta la muerte de nuestra amistad, porque un reproche mío fue la excusa perfecta para desvanecerte; porque fuiste un ángel que pusieron en mi oscuridad para colorear la tristeza que convivía conmigo; porque, si lo sabios hablasen de amor, hablarían de nosotros dos.

Cuando estoy acabando de beber esa copa en memoria de un gran maestro, Piti alza la cabeza y mira hacia el camino. Me ladra para avisarme del ruido de un coche que se acerca. Me levanto y me acerco a la parte del porche de la entrada. No reconozco el vehículo que entra apresuradamente en mi terreno y recorre más despacio el trozo hasta llegar al porche. No reconozco a la mujer del establecimiento hasta que baja del vehículo.

Dependienta: Buenas, siento llegar tarde. Creí que podría venir antes.

Yo: No pasa nada. Muchas gracias por traerme el pedido.

Dependienta: Faltaría más. También me he parado en la farmacia, pensé que necesitaría algo de allí.

Yo: ¡No hacía falta, mujer!

Deja el pedido encima de la mesa del porche. La noto nerviosa y me acerco para ayudarla, pero ella rechaza el gesto y hace que me siente.

Yo: Mujer, pero déjeme ayudarla.

Dependienta: Usted quédese sentado, que ya acabo yo.

Yo: ¿Le puedo ofrecer algo de beber?

Dependienta: Pues, mire, la verdad es que sí. ¿Qué está tomando usted?

Yo: Ginebra.

Dependienta: Pues me tomaré una copa de lo mismo.

Yo: Se la serviré, pero deje de tratarme de usted

La dependienta sonríe amable y acepta mi propuesta. Me dirijo a por una copa dentro de la casa, la preparo y vuelvo a salir. Ella está sentada en una de las sillas. Le sirvo la copa mientras se me hace rara la situación. Es la primera mujer que se sienta conmigo en el porche. Coge la copa, me da las gracias y me presento mientras me siento.

Dependienta: Mi nombre es Karen.

Yo: Bonito nombre. ¿Eres de aquí?

Karen: Sí. Mis padres siempre han tenido el establecimiento. Cuando murieron, decidí seguir con el negocio. Y usted… (se ríe), perdona tú, aunque sé que lleva muchos años viviendo aquí, ¿de dónde es?

Yo: Soy de una isla lejana. Recorrí medio mundo hasta que llegué aquí y decidí quedarme. Me gusta esta isla, es muy tranquila.

Karen: Sí, es tranquila. A veces, demasiado.

Yo: Para quien busca paz es perfecta.

Karen: En eso te daré la razón. ¿Y cómo te encuentras? Escuché lo sucedido en los desfiladeros.

Yo: Estoy mejor. Las heridas van cicatrizando.

Karen: A ver, déjame verlas.

Yo: No hace falta, de verdad

Karen: No me marcharé hasta que no las vea.

Que esté en mi casa me tiene descolocado, pero acepto y me arremango la camisa. Karen pone cara de asombro y exclama: «Ay, ay, ay, eso no tiene buena pinta. Venga, voy a limpiarla, y no admito un no como respuesta».

Después de todos estos años cuidándome solo, me hace sentir incómodo, pero me dejo a su merced, sin saber cómo frenarla.

Yo: No importa, podía hacerlo yo.

Ella sigue a lo suyo y se hace el silencio, que rompo cuando me limpia, exclamado a las estrellas.

Karen: Esa boca.

Se ríe y me contagia. Acaba de curarme y vuelve a sentarse. Le doy las gracias, a lo que ella le quita importancia cogiendo su copa.

Karen: ¿Has sabido algo de la mujer?

Yo: Nada. No creo que la encuentren.

Karen: ¿Y tú no la conocías?

Yo: Solo me crucé con ella dos veces y, aunque me resultó familiar, no sé quién podría ser.

Pensativa, Karen mira al animal y me dice que hacía solo unos meses que la desconocida había llegado a la isla. En varias ocasiones, había ido a comprar en su establecimiento.

Yo: Sabes más que yo. Desde que me marché de mi tierra, dejé de hacerme con la gente. Ahora mismo, eres una de las personas que más conozco por esta conversación. Antes hablaba con el vecino, pero, como ya sabrá, murió.

El gesto de Karen me confiesa que está incómoda. Nunca se me dio mal leer las caras. Me lo confirma diciéndome que si ella es una molestia. Antes que acabe la frase, la freno.

Yo: No, no, no, está siendo grata tu compañía. Es que he sido huraño.

Rio mientras se lo digo. La educación nunca me faltó. Aunque esté incómodo por no saber cómo tratar la situación, no la voy a echar. Después de todo, está siendo gentil conmigo.

Karen: Entonces, me lo tomaré como un halago. Quisiera invitarte a cenar para que conozcas a más gente de la isla. Una vez al mes organizo una cena y podrías venirte.

Yo: No estaría mal.

Mientras miro al animal, pienso que, si me hubiese parado a hablar con su dueña, quizás estuviera aquí en vez de Karen. Creo que voy a dejar de ser huraño y abrirme más a la gente.

Karen: Bueno, ya es hora de irme. Ha sido un placer. Si me lo permites, vendré a ver cómo se va curando la herida.

Yo: Las puertas de mi casa siempre estarán abiertas.

Sonríe, me da la mano y, despidiéndose, se marcha.

Sé que Karen ha hecho bien en curarme el brazo, pero me duele. Piti me está mirando y desprende alegría. No sé si es por la visita de Karen. Entre dientes le digo que toda la culpa la tiene ella y me ladra como respuesta. Entro a la casa y le digo que, como siga ladrando, se quedará sin cenar. Corre a mi lado y me río. Nos entendemos a la perfección y es algo raro. En tan poco tiempo le he cogido mucho cariño, parece sanar mi alma.

Después de cenar, mi vaso resquebrajado espera su Bourbon y lo lleno mientras, sentado, me balanceo viendo las estrellas junto a Piti. Es mi nuevo ángel. No sé si ha sido el destino del azar, pero, si una vez conocí un ángel donde la vida nace, esta vez me ha tocado a la inversa. Nos hemos conocido cuando la vida se acaba y la muerte reluce. Piti ha vuelto a sembrar el amor en mí; me ha dado su amistad y su compañía a cambio de la mía. En menos de una semana, ha rescatado algo de mi alma que daba por perdido.

Llegó el día que bajé la cabeza por escuchar ensuciar mi nombre sin primicias. Bajé los brazos, me rendí, me metí en lo hondo sin saber nadar. Me sumergí en el mar helado, siendo un pájaro sin alas que me suicidaba al saltar del precipicio. Ahogué mis penas en vasos rotos, donde el alcohol se evaporaba con mi juicio; guantes de espinas que sangran todas las caricias recibidas, susurros en mis oídos a los que despedí por saber escuchar más de lo que aprendí. Creí matar a la bestia que vivía en mí, pero la condené en un iceberg a la deriva de las aguas sin fin.

Apareciste pidiendo socorro, pero estabas destinada a salvarme a mí. La muerte nos juntó y nos convirtió en amor. Corrimos el velo de la tristeza para dar brillo a la vida. No sé cuándo te marcharás, pero sé que, si te reprocho algo, tú no me dirás adiós.

<u>Decimoprimer Acto</u>

Han pasado un par días desde que vino Karen. En el hospital, me quitaron los puntos y ha quedado una cicatriz que me dolerá hasta el fin de mis días. Karen me ha estado llamando para ver cómo me encuentro. No estoy acostumbrado a tanta atención, pero no me desagrada. Estoy arreglando la tierra. No quiero que este año se seque todo lo que siembre. He vallado una zona para que mis animales no me hagan destrozos. Estoy más alegre y he cancelado la melancolía de la tristeza que arrastraba. Los días tienen más brillo, ese en que parece que los colores han cobrado vida y me dibujan una sonrisa en la cara.

Por las tardes, veo caer al sol tras de mí mientras paseo con Piti. Parecemos dos enamorados. Me busca cuando no me ve y yo cuando no la veo. Doy gracias por tenerla en mi vida, aunque me inquieta no saber quién era la dueña. Los agentes no me han vuelto a llamar y Karen me ha dicho que no logran identificarla. Cabe la posibilidad de que nos conociéramos, pero no logro situarla. Si tuviese una foto o un recuerdo más claro de su cara, quizás la recordaría. Es como un puzle al que le faltan piezas, a pesar de tenerlo montado. Qué hubiese pasado si en vez de aquel día haberme dormido hubiese seguido caminado o si Piti no hubiese venido hasta mí. Nunca lo sabré, aunque así es el destino del azar, que todo lo tiene predestinado, y la situación puede cambiar al girar una esquina.

Va cayendo la tarde y Karen me llama. Siento que no debería preocuparla, pero ella lo hace con su buena voluntad. Me pregunto si hubiese sido más sociable con la gente de aquí, qué hubiese pasado. Son preguntas que ya no tendrán respuestas. He decido dejar las máscaras donde siempre me refugié. Es triste pensar que en mi vida poca gente me llegó a conocer por actuar bajo un antifaz, y quizás la soledad tiene razón y es hora de poner fecha a nuestra despedida; melancolía, la lleva de la mano, me sonríe y deja su tristeza de lado.

Llego a casa y preparo un baño con agua templada para Piti. Desde que está conmigo, nunca la he lavado, aunque su aspecto no es sucio. Es muy dócil y no opone resistencia; cierra los ojos y se deja llevar por los suaves movimientos que le realizo al lavarle el pelaje. Termino con un viejo secador que jamás había empleado, pero que hace su función.

Me dispongo a cenar algo ligero en el porche. Enciendo un candil, ya que la noche es oscura porque la luna ha decidido descansar. Acabada la cena, lleno mi vaso resquebrajado de Bourbon con hielo. Esta noche oscura me hace recordar una etapa donde se me puede considerar libertino, según desde qué lado la mires.

Estaba soltero y entre las ex que había tenido, quedaba una con la que no nos faltó nunca educación, a pesar de nuestro final. Una noche cerrada, me reencontré con ella. Yo paseaba en dirección a mi casa cuando, al girar una esquina, me choqué con alguien. Al reconocerla, me sorprendí por la casualidad del destino del azar que colocó de nuevo a esa persona delante de mí. Nos saludamos con cortesía y seguimos nuestro paso, pero, cuando nos distanciamos unos metros, me giré a la vez que ella se volvía, pero no nos detuvimos. Sabía que ella tenía pareja y supongo que ella sabía que yo rescataba princesas de altas torretas. Mentiría si digo que no me sorprendió verla, pero lo deje pasar como una casualidad. Pero el destino del azar había movido ficha y yo no lo sabía.

La siguiente noche, después de ver a unos amigos, me dirigí a mi casa. A lo lejos, la distinguí en la penumbra de la noche, una figura a la luz de una intermitente farola. Se acercó a mí. Yo sabía que era imposible que ella tuviera cabida en mi nueva vida y yo en la suya. Habían pasado años y teníamos caminos diferentes: ella con una relación y yo dejando de creer en esas historias de amar de por vida.

Cuando estábamos a unos metros, busqué su mirada y me encontré con esos ojos tan bonitos. Nos quedamos uno delante del otro sin pronunciar palabra durante unos largos segundos hasta que un «hola» rompió el silencio. Hablamos durante un rato sin haber acercamiento y sin sacar ningún trapo sucio del pasado. Cuando vi sus ojos llorosos, me acerqué y le acaricié la mejilla. Ella extendió los brazos, me rodeó el cuello y nos juntamos en un beso. En ese callejón donde la luz no brillaba, nos dejamos llevar a la deriva de una tormenta que nos arrastró a un acantilado, donde chocamos. Cuando el sol despejó a las nubes, dando paso al alba, nos despedimos como si no hubiese pasado nada, sin decirnos adiós.

Seguí mi vida sin pararme a entender lo sucedido. Le restaba importancia, pero en mi corazón ya recorría su veneno. Me la empecé a cruzar más a menudo, incluso llegué a conocer a su pareja, pero no chocamos hasta pasada una semana, otra noche donde la luna sí que fue testigo de los mismos pasos, de encontrarnos sin más, sabiendo que nuestro cruce a escondidas era una maldición que nos echamos encima al jurarnos amor eterno en el pasado y habernos enterrado amándonos.

Cuando coincidíamos delante de algún testigo, solo la mirada hablaba. Levantamos argumentos en algunos que sospecharon de nuestro acercamiento, pero nadie se atrevió a vislumbrarlo porque le quitábamos importancia al decir que solo éramos pasado y que a ninguno nos faltaba educación. Pero muchas noches nos dimos calor y nos arropamos del frío, desnudándonos. En cada despedida, no nos decíamos adiós. Fue un capítulo duro de cerrar porque nuestro amor era imposible y porque había mucho que nos apartaba de la locura de retomar algo que estaba perdido. A la vez, era imposible que, cuando nos veíamos a solas, no nos dejáramos llevar como la primera vez que nuestros corazones toparon, sin beber el veneno que nos corrompió, perdonándonos todo pecado.

En una playa, entre lágrimas, ambos sabíamos que esa sería la última noche, aunque no lo tuviésemos pactado. Nos despedimos con un adiós. Sabíamos que esas noches las dábamos por zanjadas porque nos estábamos matando en silencio por volver a amarnos, por intentar suicidarnos con el mismo veneno que nos mató. Sin más, dejamos de cruzarnos, de volver a vernos. Desparecí y, sin mirar atrás, logré borrar recuerdos del amor que se nos quedó en el tintero, de un poeta muerto por contar la historia de dos sombras que se veían bajo el manto de la noche y zanjaron aquella locura con un triste adiós.

De nuevo en el mismo punto de salida. No hay novedad, nos conocemos de más, sabemos cuál será el próximo movimiento a dar. Tentaríamos a la suerte de nuevo, pero no hay nada que salvar. Objetores de nuestro amor sin salvación, maldecimos entre lágrimas toda palabra de amor entre los dos. Esperamos el destino en la barca de Caronte, que no está por remar. Cielo o infierno. Estamos condenados y tildados están nuestros pecados. Hay quien ruega porque no nos miremos. Somos sal en la herida de un vaso de tequila con limón. Terremotos o huracanes no nos mueven, enraizados en la cama o en el asiento de atrás, escondiéndonos de las flechas que lanzó el equívoco azar de Cupido, que no nos puso en su camino. Sabiendo todo y callando más, nos cruzamos y seguimos cada uno por su camino, aprendiendo que el fuego hiela y el hielo llega a quemar, volviendo al mismo final. Actuamos como desconocidos, conociendo nuestra historia, la que tú callas y yo ignoro. Falseamos por no lastimar al pintor que dibuja nuestros cuerpos sin poder firmarlos. Dos infieles deseándose en las noches escondidas. En cada final acordábamos la paz sin decirnos adiós, esperando no volvernos a encontrar. Pero un poeta muerto terminó su tinta escribiendo nuestro final con un triste adiós.

Decimosegundo Acto

El frío está perdiendo presencia, dejando ganar el pulso a los días más calurosos. Ha pasado un mes desde que Piti llegó y sigue llenando mi alma de alegría. Estoy tumbado en la cama, pensando en a lo que voy a dedicar mi día, cuando el teléfono empieza a sonar. Supongo que será Karen, que es la única que me llama. Hemos tenido muy buen roce. Diría que los dos sabemos que hay algo más, pero no nos atrevemos dar un paso en falso. Lo cojo esperando escuchar su dulce voz y me sorprendo.
Agente: Buenos días, ¿qué tal se encuentra?
Yo: Recuperado. ¿Ha pasado algo?
Agente: Unos pescadores han encontrado el cadáver de una mujer que parece corresponder con la descripción de la desparecida.
Yo: Muchas gracias por informarme.
Agente: ¿Cómo está el perro?
Yo: Muy bien. Ha recuperado sus fuerzas.
Agente: Eso es estupendo.
Yo: ¿Qué va a pasar con el animal?
Agente: De momento se podrá quedar con usted hasta que identifiquemos quién era la mujer y encontremos algún familiar.
Hablamos un rato más sobre dónde la han encontrado, en una isla cercana a la nuestra. La corriente la arrastró hasta

allí. Está en mal estado, pero me pide si puedo ir a reconocerla. Acepto y se despide de mí diciendo que nos vemos en un rato.

Al colgar, llamo a Karen para contarle lo sucedido y que la necesito para que me acerque al cementerio. No duda en venir a por mí y deja en el establecimiento a una chica que a veces va a echarle una mano cuando tiene que repartir.

Estoy temblando; me asusta el hecho de ir a reconocerla. Me preparo un té y comienzo a vestirme. Mientras silba la tetera, escucho al coche de Karen que se acerca por el camino. Me tomo el té deprisa, cojo la correa de Piti y la ato. Salgo al encuentro de Karen, me monto en el coche y partimos hacia el cementerio.

Karen: ¿Estás bien?

Yo: Sí, pero algo nervioso.

Karen: No tienes por qué hacerlo si no quieres. Hay más gente que podría ir.

Yo: Lo sé, pero necesito hacerlo.

Se hace el silencio y contemplo el paisaje. Karen conduce rápido, pero no la freno y saco la mano por la ventanilla para chocar contra el aire. Llegamos al cementerio. Intento relajarme, pero tengo el corazón acelerado. Camino hasta la morgue, donde me recibe el agente y me pide que lo acompañe. Recorremos pasillos en silencio mientras nuestros pasos resuenan. Me sientan en una sala donde me enseñan la ropa que ella llevaba puesta. Reconozco la camiseta blanca de lino y firmo una declaración. Volvemos por el mismo camino y le pregunto al agente si no voy a identificar el cuerpo. Me contesta que no se puede ver por su mal estado, pero que he sido muy útil al identificar algo que ella llevaba puesto. Me quedo con mal sabor de boca porque podría haber resuelto mi puzle. Una vez fuera, le pregunto al agente:

Yo: ¿Qué va a pasar ahora?

Agente: Como ya le he dicho, intentaremos identificar el cuerpo, aunque nos será muy difícil por su estado.

Yo: Si me vuelven a necesitar, no dude en llamarme.

Nos despedimos. Karen me espera apartada y me acerco a ella pensando en el rompecabezas que me está consumiendo, pero poco más puedo hacer. Karen camina a mi lado sin pronunciar palabra y me coloca la mano sobre el hombro mientras nos dirigimos hacia el coche. Una vez en él, me propone tomar algo y acepto su propuesta. Nos dirigimos al pequeño bar que hay en el pueblo, ambos callados. No sé muy bien qué decir. Aprecio las vistas de la isla mientras pienso en esa pobre mujer y su cruel destino.

Llegamos al pequeño bar donde Karen me presenta a Jacob, el dueño. Nos tomamos un vermut mientras llega el mediodía. Jacob parece un hombre agradable y simpático, aunque hoy yo no estoy muy hablador. Karen se ha dado cuenta y me propone llevarme a casa, pero rechazo su oferta y la invito a comer en el puerto.

Karen: ¿A dónde quieres ir?

Yo: La verdad es que no lo sé. Supongo que conocerás más sitios que yo por aquí.

Karen: Hay un restaurante para turistas donde hacen buena carne.

Yo: Pues ese mismo.

Pasamos una grata velada conversando mientras nos lanzamos miradas que me hacen tambalear. No sé cómo llamarlo, si es amor o no. Hace tiempo que no sentía nada. Después de comer, damos un paseo y nos tomamos unos tragos mientras recorremos la playa. Al atardecer, nos marchamos a mi casa, donde el beber no para. Cuanto más tomamos, las distancias más se acortan, casi hasta rozar nuestros labios. En uno de los numerosos abrazos que nos regalamos debajo del porche de mi casa, perjudicados por el alcohol, se juntan nuestros labios. Al separarnos, vemos nuestras caras perplejas y, con rapidez, le pido disculpas, aunque ella me replica que ha sido su culpa. Karen se despide de mí y recoge sus cosas, pero la freno. No quiero que se vaya por lo sucedido y no va en circunstancias como para coger el coche. Es testaruda y se dirige al vehículo, aunque yo tengo las llaves y no llegará muy lejos. Tropieza y se cae. No puedo evitar reírme por dentro, pero, a la vez, voy dando tumbos hasta ella. Solloza sentada en el suelo y me siento a su lado; le paso la mano por los hombros y se acurruca entre mis brazos. Su cuerpo empieza a pesar demasiado. Agacho la mirada para buscar la suya, pero se ha dormido. Sonrío mirándola y, aunque no me disgusta ese momento, tengo que llevarla a la cama. La despierto con suavidad y casi se nos hace de día para levantarnos del suelo. Medio tropezando, la llevo a la cama donde Piti duerme. La tumbo, le quito el calzado y salgo a tomarme la última en mi mecedora. Viendo el alba, caigo rendido pensando en qué es lo que ha pasado entre Karen y yo.

Me despierto con el sol en alza y un estrepitoso dolor de cabeza. Voy a ver cómo se encuentra Karen, que sigue dormida. Preparo té y, tras coger una taza, salgo a caminar por mis tierras. Estoy desconcertado porque tengo miedo de los peros que yo siempre destruí o de lastimar otro corazón. No sé lo que hacer, la circunstancias me están superando.

Regreso a casa y veo a lo lejos a Karen sentada en mi mecedora. El mundo se para y un latido en el pecho me detiene para hacerme saber que la decisión ya se ha tomado. Por mucho que piense, mi corazón ha hablado, callando mis dudas y matando mis miedos. Quiero ver esa imagen que mis ojos contemplan. Otro latido me pone en marcha y camino hacia la casa. El corazón me golpea el pecho, diciéndome que vuelva a saltar al vacío. Cuando estoy a algunos metros de Karen, me regala una sonrisa sin apartar una tímida mirada de vergüenza por haber dormido en mi cama. Le doy los buenos días y le pregunto qué tal ha dormido.

Karen: No me acuerdo ni de cómo llegué a la cama.

Yo: Te llevé como pude.

Riéndome, le cuento que le quité las llaves.

Karen: ¿Y dónde has dormido tú?

Yo: En la mecedora.

Karen: ¿Has pasado toda la noche aquí fuera?

Yo: No es la primera. Tranquila, la próxima vez dormiré en la cama.

Se hace el silencio mientras le regalo media sonrisa y clavo la mirada en la suya. Se levanta de la mecedora, se me acerca y deja caer la mano hasta rozar la mía. Me da un beso muy tierno en la mejilla y me susurra los buenos días. Me deja caer que se va a la ducha y me mira mientras se adentra en mi casa. Me está invitando a pasar, pero me voy hacer un poquito de rogar. Quiero que dure más este tonteo entre nosotros. Sale enrollada en una toalla y me pregunta si la he entendido. Sin pensármelo más, sigo sus pasos mientras me voy desvistiendo. Al llegar al baño, deja caer la toalla mientras abre el agua. Desnudos en la ducha, nos comemos a besos y el agua fría se evapora al tocar nuestra piel. Somos lava de un volcán en plena erupción.

Le confieso mis nervios, pues hace mucho que no tocaba a una mujer. Eso no se olvida y de la ducha acabamos en la cama hasta que caemos exhaustos. Nos dormimos y de nuevo me despierto yo primero, pero solo la contemplo con cara de embobado, como si de un hechizo hubiese quedado embrujado por ella. Se despierta y se cobija debajo de mi hombro. En el descuido de la paz, la guerra vuelve a comenzar. Está siendo apoteósica, conectando sus pasos con los míos. Se nos echa la luna encima, saciando nuestra sed.

Le propongo comer algo y me levanto de la cama. Ella sale por la puerta de la habitación con una camiseta mía que le queda grande y el corazón me late con fuerza. Dejo lo que estoy haciendo y me acerco para comerme su boca con el mismo énfasis que palpita el corazón. Así pasamos el fin de semana.

Los días siguientes vamos más calmados. El fin de semana ha hecho mella en nuestro apetito, aunque, en cualquier despiste, volvemos arder, admitiendo ser dos enamorados. Damos rienda suelta a nuestra pasión, aunque no todo es sexo. Tenemos gratas conversaciones profundas en que nos abrimos las carnes. En una de ellas, le he preguntado por qué alguien como ella seguía soltera. Me ha dicho que ha estado con un par de hombres de otras islas, pero nunca llegó a cuajar porque ella está muy arraigada a esta. Otros hombres de su zona lo intentaron, pero ninguno le llamo la atención.

Cenamos bajo el porche. Enciendo velas en cada cena, junto a dos copas para brindar con ella por haberla encontrado en mi oscuridad. Se sonroja mucho. Tiene unos ojos verde azulado que me embelesan. La acompaño a la habitación porque ella tiene que madrugar. Le digo que esta noche me quedaré tomando una copa más y le cierro los ojos con los dedos. Juntando nuestros labios, le doy las buenas noches y le digo que no tardaré. Me dirijo hacia el porche, con mi vaso resquebrajado. Mientras bebo y agito los hielos de la copa, pienso en lo que me ha dicho Karen sobre estar arraigada a esta isla, pues tiene de un amor que llegó sin avisar.

Pocos días antes de llegar al último mes del año, recibí la llamada de una vieja amiga de un pueblo donde veraneaba de jovencito. Me llamó para decirme que venía a la isla donde yo había nacido y, cortés, le dije que no se preocupase de nada, que haría de guía durante su estancia.

Llegó a principios de diciembre. Para ser finales de otoño, el tiempo era bueno, con un sol que aún calentaba. En los paisajes destacaban los verdes con cielos azules que invitaban a pasar las tardes fuera de casa. Fui a buscarla sin ningún pretexto de amor, pues con su familia nunca me faltó de nada, ya que su madre y la mía eran amigas desde pequeñas, como nosotros.

La reconocí enseguida. Habían llovido algunos años desde que mi amiga y yo no nos veíamos, pero no había cambiado mucho. La saludé con un fuerte abrazo. Advertí que una chica se nos quedaba mirando. Di por hecho que sería su prima. Cuando la miré a los ojos, me enamoré antes de saber su nombre. Me tiré al vacío sin saber desde donde saltaba. A veces, fui así de loco. Nos presentamos y su prima me dijo que ya nos conocíamos, aunque yo tardé mucho en recordarla. Empezamos con la ruta por la isla y fuimos a una catedral que ellas querían ver. En el trayecto, miraba esos ojazos que me habían cautivado, con unas largas pestañas. Ella me reprochó que si no la conocía y me comentó que tenía fotos mías de pequeño con ella. Como en un *flash*, recordé a una chiquita muy bonita y que alguien me decía que era prima de mi amiga, pero no me acordaba de más, solo que era preciosa.

Al llegar a la catedral, entramos los tres, pero mi amiga se adelantó y nos dio espacio. Yo aproveché para ir unos pasos por delante de ella, como en un juego. Salvaba la distancia, haciéndola más corta o más larga, cruzábamos las miradas y deslumbrábamos al sol. Me miraba igual que yo a ella y seguimos con el juego hasta que llegó la hora de comer. En un momento en que nos quedamos a solas, escogí tener veinte segundos de valentía ignorante y me lancé al vacío; le dije que yo era muy vergonzoso para besarla y que, si ella quería que eso pasase, que lo buscase. La chica sonrió sin negarse y me aseguró que era igual de vergonzosa que yo. Me abrió el camino hasta sus labios, pero esperé.

Después de comer, nos dirigimos a un cumpleaños de un amigo mío. Allí me acerqué a ella y le susurré al oído que me tenía a tiro para besarme, que en sus manos dejaba mis labios. Los nervios de ambos afloraban entre medias sonrisas. Aunque tardamos pocos segundos en besarnos, pareció una eternidad. El amor me demostró que me podía dominar. El primer beso de alguien que me había robado el corazón con solo mirarme fue maravilloso; siempre lo es. El destino del azar quiso que yo me parara a apreciar esa mirada que muchos años atrás me había regalado y yo había ignorado. Más tarde, nos marchamos a su hotel donde, en una ducha, dejamos correr el fuego de nuestro interior.

Pasamos unos días de frenesí. En treinta años, no había recorrido la isla como hice con ella, contemplando los atardeceres, aunque el alba nunca me pilló en su cama.

Fueron unos días de puro amor, pero ella se tenía que marchar y yo me aferraba a un hierro ardiendo. Quería iniciar una relación, pero ella era reacia a tenerla a distancia. Improvisé a marchas forzadas y conseguí esa oportunidad. Al principio, la distancia fue una montaña rusa, y ella se agobiaba y me dejaba, aunque a los tres o cuatro días nos llamábamos y volvíamos a poner fechas para volver a vernos en hoteles de fin de semana. La recibía en las fechas señaladas con rosas y, cuando se marchaba, las espinas me desangraban. Nuestra relación se fue consolidando hasta que llegó el verano y prolongó su estancia para probar a vivir aquí. No funcionó y acabamos mal, con una triste llamada donde poníamos punto final a nuestra relación.

Pero no se acabó, solo fue una pausa, porque seguíamos guardando ese amor en un cajón. Meses más tarde, el destino del azar hizo que yo la llamase para abrir lo que guardamos, desempolvando los sentimientos. Retomamos el contacto, seguimos con nuestras idas y venidas hasta llegar al último mes del año, cuando decidió pasar las Navidades conmigo. Salimos reforzados, dando pasos agigantados. En marzo, yo sufrí un percance y me tuve que operar la rodilla. En una larga temporada no podría trabajar. Apareció la casualidad y ella se quedó sin trabajo porque su empresa se declaró en quiebra. Desde ese día, nuestras conversaciones eran más serias y le pedía que se viniese a vivir conmigo, pero le costaba mucho tomar esa decisión. La puse entre las cuerdas para que se decidiera, pues llevábamos más de un año en esa situación de viajar. Yo tenía claro que no podría vivir en su ciudad, porque ya lo había probado tiempo atrás y no encajaba.

Un día por la mañana, la llamé y tenía apagado el teléfono, algo raro en ella. Cuando me llamó, le destapé su sorpresa y, solo por su forma de hablarme, supe que se había venido a vivir conmigo. Me estaba esperando en casa de unos amigos. Recuerdo la primera noche que dormimos juntos; más bien durmió ella, porque yo no podía dejar de mirarla y acariciarla. Lo había guardado todo para que, cuando llegara ese momento, le regalara lo más bonito. Le entregué mi corazón y me comporté como un príncipe siempre pendiente a ella, aunque ella echaba de menos a su tierra y a su familia. Estaba demasiado arraigada allí. Sonreía, aunque por dentro la enredara la pena. Luché contra la situación, dando mi vida.

Todo era maravilloso y puedo contar muchas anécdotas, como enseñarle a diferenciar entre un bombo y un bajo, o ser el psicólogo de sus agobios; caricias regaladas por un par de morros, días de playa que yo esquivaba, fiestas donde no nos hacía falta más que ella y yo; su escasa orientación, perdiéndonos en mi ducha.

El amor se desbordaba, pero de la noche a la mañana decidió marcharse sin darme ni una carta para poder luchar por ella.

Solo me dijo un adiós que resonó en mi interior. Diez horas más tarde, se había marchado. Malherido quedé, sabiendo que no se fue porque no me amara, sino porque no pudo vivir fuera de su tierra por estar arraigada en ella. Aunque eso me hundió una vez más en los fosos de la oscuridad, con el tiempo no la culpé. Incluso volvimos a vernos y nos dimos un beso de despedida que cerró esa historia de por vida. Aunque en nuestros corazones siempre habría un lugar que nos recordaría que no basta con ser el mejor o con amarnos; la vida es así de cruda y la distancia, a pesar de estar uno al lado del otro, se hizo demasiado larga.

Te recuerdo el último mes del año en una ducha donde volvíamos al pasado, recordándome tantos años; por tu amor conseguido en una noria de subidas y bajadas; porque logré ser el mejor y me esforcé cada día, aunque eso no bastó; por pensar que eras la última de mis días y planifiqué una vida a tu lado; porque aprendiste a diferenciar entre bombo y bajo, porque el tiempo dos veces me robó tu compañía, por ser psicólogo de tus agobios; porque no te orientabas en la ducha de mi casa, donde me hacías perderme sin dirección, solo moviendo mi corazón que bombeaba; por sonreír callada tus penas, por esos maravillosos días, por el sol que te daba vida mientras a mí me la quitaba; porque creo que merecías quedarte y no coger ese vuelo, dejando mi amor en la puerta de embarque.

Porque mis lagrimas llevarían tu nombre al acantilado de la muerte, esperando sentado a volver a verte. No será en esta vida y quizás nos topemos en la barca de Caronte, donde explotará el amor que nos guardamos y ese último beso que cerró en esta vida nuestra pequeña historia de amor. Ambos la escondemos en los latidos de nuestros corazones para no olvidar que, por amor, nuestra historia no se acabó. Ganó el sentimiento arraigado por tu tierra, como una enredadera en tu alma.

Es inevitable la pena que siento como también lo es que este momento se vuelva mágico, dando un rodeo a la tragedia. Se convirtió en paz con un giro que jamás pensé. El destino del azar me ha traído de nuevo a alguien que miré, pero no vi para renacer. Un latido perdido que retumbó en la mañana cubierta de rocío y apartó los peros.

Me despierto junto a Karen y me extraña que no se haya levantado todavía. Le susurro al oído y se hace la remolona. Le pregunto si no tiene que abrir la tienda y me responde que no se acordaba de que abría una chica que tiene en plantilla. Apuntilló que creía que su empleada podría pasar sin ella.

Yo: ¿Te apetece un día de relax?

Karen: ¿Qué propones?

Yo: Paseo, comida, película y ya improvisamos.

Karen: Acepto.

Se acerca despacio, buscándome los labios y, con sutileza, la esquivo y le beso la mejilla. Le susurro al oído que me voy a duchar y, mientras me dirijo hacia el baño, exclama que el diablo sabe más por viejo que por diablo. Riéndome, le contesto que si me está llamando viejo, si estoy hecho un chaval. Escucho su risa, que me llena el vacío que dejé en el olvido de mis recuerdos.

Una vez duchado, hemos cogido el coche y le he dicho a Karen que me sorprenda, que llevo muchos años en esta isla, pero apenas la conozco. Me ha dicho que me llevará a un lugar a donde le gusta mucho ir porque apenas ha cambiado desde que ella era una niña. En el trayecto, le poso la mano en el hombro y juego con su media melena, observando el paisaje virgen por el que me lleva. Una valla metálica corta el paso de la carretera, aunque Karen se baja del coche y abre con sus llaves la puerta. Nos adentrados donde la maleza se mezcla con las gigantes palmeras hasta llegar a un pequeño valle que el paso de los humanos no ha cambiado. Karen permanece callada mientras caminamos y, cruzando miradas, me lleva de la mano. Creo que no habla por mi cara de impresionado ante tanta belleza. Llegamos a un pequeño sendero que da a una playa de fantasía. El agua es cristalina y la arena, rosada. Entre las sombras de las gigantes palmeras hay una pequeña cabaña, en la que se refleja el paso por la madera fundida con la sal del mar. Tiene un banco en la puerta, donde nos sentamos a contemplar la tierra partirse en dos para dar paso al mar.

Yo: ¿Dónde estamos?

Karen: Era la casa de mis abuelos, donde, cuando era niña, pasaba mis días porque mis padres trabajan en el establecimiento. Mi padre tenía que navegar por las islas para comprar género y traerlo mientras mi madre atendía.

Yo: Impresionante lugar. Ahora entiendo de dónde sacas la magia para hacerme sonreír.

Karen se acurruca en mi pecho mientras dejamos que nos invada la magia del lugar. Pasado un rato, volvemos al coche abrazados, conversando sobre lo bonito que es que sigan existiendo estos lugares. Es hora de comer y nos dirigimos al puerto, donde los propios pescadores preparan lo que han capturado; un sitio turístico en el que, según Karen, vuelve a salir la magia donde el tiempo se ha detenido. Todo es artesanal: redes, anzuelos, incluso las sillas y mesas del lugar. Hace años que, sentado en una de estas mesas, gané mi casa a un pescador y todo sigue igual. Comemos un pescado exquisito y nos pasamos por el bar de Jacob a tomar el licor. Después de unos tragos y una grata conversación con Jacob, volvemos a casa escuchando un poco de *jazz*, pero antes para en su establecimiento para ver cómo está su empleada. Coge un ordenador y, cuando sube al coche, me pregunta:

Karen: Has dicho paseo, comida y película. ¿Dónde la vamos a ver si no tienes televisor?

Yo: Es verdad, no tengo televisor, pero eso no significa que no podamos verla.

Karen: ¿Dónde?

Me mira con gesto de duda.

Yo: Un mago nunca revela sus trucos.

Karen: Por si el truco te sale mal, me llevo el ordenador.

Partimos hacia mi casa y, una vez allí, Piti sale a recibirnos. Está contenta tras haber pasado el día sola. Junto a Karen, son la alegría de esta casa. Karen espera que le revele el truco del televisor mientras conversamos sobre el bonito día que hemos pasado. Me dirijo hacia un armario de madera que tengo en el salón, donde guardo un ordenador parecido a un pequeño televisor que hace años guardé. Le pido ayuda a

Karen porque tengo que sacar trastos que he ido guardando hasta llegar al ordenador. Cuando ella lo ve, se sorprende ante semejante reliquia y, riéndose, exclama:

Karen: Pero ¡¿eso funciona?!

Yo: Eso espero.

Karen: ¿Cuántos años tiene?

Yo: La mitad que yo.

Nos enzarzamos entre risas mientras lo conecto a la luz, pulso el botón de encendido y, como si no hubiesen pasado los años por él, arranca a la primera, dejando en blanco a Karen. No para de reírse de él, pero, cuando ve carpetas en la pantalla con nombres de música, empieza a curiosear y las escucha.

Karen: No sabía que fueses tan fan de la música electrónica.

Yo: ¿Te gusta?

Karen: No me desagrada, aunque aquí no llegaba mucha cuando yo era joven. Más de una vez la escuché a través de internet.

Yo: Pues lo que oyes está hecho por mí.

Karen se gira asombrada.

Karen: ¿En serio? Pero si hay un montón de canciones.

Yo: Antes producía música. No pienses que estás delante de una estrella. Lo hacía por pasión y, siendo sincero, si hubiese llegado la fama, no me hubiese desagradado.

Karen: ¿Y qué hacías con esta música?

Yo: La publicaba en sellos discográficos. Seguro que todavía hay algo mío a la venta.

Karen: ¿Así te llamabas?

Yo: Sí.

Karen: ¿Y tienes fotos de joven?

Yo: Alguna habrá, pero vamos a ver la película.

Karen sigue curioseando mientras recuerdo aquella época en que dediqué casi una vida entera a ella. Desde joven, me cautivó, me envolvió en su mundo. Ella fue mi gran amor y por ella di lo que no di por nadie, y lo volvería hacer. Fue la única con la cual pude expresarme sin que me reprochase. A cualquier hora la podía tocar y no me ponía excusas. Era mi delirio, era todo para mí. Nunca tuve queja de ella, era pura pasión. Siempre digo que fue la única que, a pesar de no llegar a ser nada para ella, ella lo fue todo para mí: mi calma, mi paz, mi alegría. Por ella perdí amigos, parejas, tiempo, pero por ella moría. No todo fue bonito. Me vio ahogarme en penas, caerme, mi tristeza y mi rabia, pero fue la única que lo entendió, la única que era mía y compartía con todos. Siempre la llevaré grabada en mi alma. Aunque nos llamen locos, los locos son ellos por no pararse y descubrir su belleza, que pone banda sonora a un beso, un te quiero, un amor, un recuerdo.

Te descubrí por casualidad. Cuando te escuché me enamoré; eras ángeles con arpas, que rondaban mi cabeza. Te pude tocar y conocí al énfasis. Robaste mi ser cuando te entendí. Me has visto llorar reír caer y levantarme por ti. La constancia de seguir enganchado a tu mundo en las buenas y las malas. Nunca nos hemos dejado. Me has visto a tu lado días enteros para desaparecer muchos otros, y no te has quejado por ser infiel. Me has compartido con muchos, pero jamás me has lanzado un reproche. Mi alma está clavada a tus espaldas y, si sube la marea, nos ahogamos. Cuando baje, resucitaremos abrazados y bailaremos. Enredado en mi cama, eres la almohada de mis sábanas, mi rincón de pensar, mi forma de expresar mi rabia, mi calma, mi paz, mis alegrías, mis odios. Por ser presente de mi pasado, algunos locos dicen que nuestro amor morirá. Mientras tanto, nosotros a lo nuestro y nos damos vida en alguna sala vacía. Eres lo único mío que comparto con todos; nada tuyo me resta, tú solo sumas. Mi sordera será la soga al cuello en mi lecho de muerte porque, si no te escucho, la vida ya no tendría sentido. Eres mi ser, eres mi mayor adición. Osan llamarte música, pero yo prefiero llamarte amor.

Karen sigue curioseando y ha encontrado unas fotos de cuando fui DJ a nivel de barrio, pero mis sesiones o producciones tenían algunos fans. Son recuerdos bonitos que guardo en el desván de mis olvidos.

Yo: Karen, ¿vemos la película o fotos de antaño?

Me río.

Karen: Pero ¿qué películas vamos a ver aquí?

Yo: Anda, deja, chafardera, que busco a ver qué tengo.

Ella se ríe hasta ver las películas que guardé.

Karen: Pero si son muy antiguas.

Yo: Eran muy buenas en su época. Además, te dije «película», pero no de qué año.

Karen empieza a mirar los títulos y encuentra una que le llama la atención.

Karen: Quiero ver esta. Me encantaba.

Yo: Es una de mis películas favoritas.

No tengo sofá, pero sí un gran sillón en el que nos sentamos, ella encima de mí, mientras comemos frutos secos acompañados de una botella de cava que he abierto para la ocasión. Piti no se separa de nosotros. Es lo más cercano a una familia. No me importa el pasado, vivo el presente sin preocuparme del futuro.

Después de la película, preparo dos copas. Karen está jugando con Piti, un animal que sabe conectar muy bien con las personas. Se parecen bastante en su forma de ser, ambas son alegres, cariñosas, valientes y extrovertidas.

La invito a beber mientras pongo de fondo una música lenta con ritmos latinos. Brindamos y la agarro de la mano para que me conceda el baile. Nos dejamos llevar por la música y recuerdo los pasos que aprendí de joven en una academia. A ella le sorprende que baile de esa forma y, cuando los movimientos se vuelven más sensuales, dejo que mis labios se deslicen para rozar los suyos. Las manos recorren con educación su cuerpo mientras la llevo por el salón, de esquina a esquina, juntando nuestros cuerpos. A pesar de que la situación está subiendo de tono, no nos tiembla el pulso, estamos calmados. Cuando le concedo el beso que ha buscado, sus manos empiezan a desnudarme. Llegamos a la cama y hacemos de ella un barco que zarpa al frenesí de una hoguera que nos calienta, haciéndonos sudar por oír los gritos de nuestros corazones. Es la rebeldía que he guardado durante años. He sido cobarde por aferrarme a los recuerdos de mis tropiezos y he sepultado los sentimientos. Aún no me creo que ella haya desenterrado a mi corazón.

Cuando nuestro barco vuelve a puerto, nos quedamos tumbados, exhaustos, hablando con suaves caricias, sin romper el silencio que nos canta una nana. Caemos rendidos en un sueño donde nuestros cuerpos son guardianes del frío, convertidos en uno. Me despierto entre los brazos de Karen y veo como el sol empieza a despedirse. Aunque me esté gustando este momento, el estómago me ruge. Con delicadez, le aparto los brazos y la dejo durmiendo mientras organizo la cena. He descongelado carne, que preparo con un aliño al horno. Salgo a buscar algunas flores mientras se termina la carne e improviso un ramito para adornar la velada. De vuelta, espero a que el horno me avise de que la cena está lista para despertar a Karen.

Durante años, no vi lo que tuve delante de mis ojos. Una venda del pasado me cegó, pero una vez más el destino del azar me ha vuelto a ganar, rompiendo el pacto con Cupido. Mi corazón gritó en forma de latido, quitó mis dudas, ahuyentó mis miedos y borró mis peros. Esa imagen grabada en mi retina, una bonita mañana donde el rocío empapaba el paisaje con lágrimas de ángeles. Cayó la venda de mis ojos y vi sentada en la mecedora de mi porche a una mujer que despertó un sentimiento que daba por perdido. Me llevó a un lugar de fantasía, donde la verde maleza, a las sombras de las gigantes palmeras, tapaba una playa virgen de arena rosada; rodeaba una pequeña casa de madera pintada por la sal, entre dos tierras que se partían para que el mar pasara entre ellas. Bailando, nos desnudamos y en un barco caímos exhaustos, hasta adentrarnos en un sueño donde nuestros cuerpos nos protegían del frío. El corazón me recordó lo que era el amor de Cupido, que volvía a atravesar mi alma.

El horno me avisa de que la cena está lista. Invito a Karen a que me acompañe y, colocándome tras ella, le tapo los ojos con las manos mientras andamos hacia el porche. Retiro las manos y ella mantiene los ojos cerrados. Le beso el cuello y le susurró que ya puede abrirlos. Los coloretes de Karen se encienden, acompañando al paisaje. No es que todo esté perfecto, pero su mirada se clava en la mía, creando la perfección de la felicidad; se lanza sobre mí y me da un beso. Me coloca los brazos sobre los hombros y me agradece el detalle de haberle preparado la cena. Siempre me regala su preciosa mirada y esa sonrisa que es brisa fresca de primavera.

Mientras cenamos, suena el teléfono y entro en la casa para cogerlo.

Agente: Buenas, soy Alfred. Quería comunicarle que la mujer va a ser enterrada mañana por la mañana.

Yo: ¿Cómo? ¿De un día para otro?

Alfred: Acabamos de recibir la noticia. Han cerrado el caso.

Yo: Pero ¿no se puede hacer nada más?

Alfred: Le prometo que hemos hecho todo lo que ha estado en nuestras manos.

Yo: Disculpe, no lo pongo en duda, pero me ha chocado la noticia.

Alfred: No tiene que disculparse, lo entiendo perfectamente. Me duele no haber podido averiguar quién era esa mujer.

Yo: ¿A qué hora será el entierro?

Alfred: A las once de la mañana.

Yo: Allí estaré.

Karen se acerca y me pregunta qué ha pasado. Le hablo sobre la conversación con el agente.

Karen: ¿Qué te preocupa?

Yo: Esperaba este día, pero quería preparar algo para ella.

Karen: ¿Qué necesitas?

Yo: Me haría falta más tiempo. No voy a poder preparar ni un centro de flores. Sé que es una tontería, pero no quiero que sea una tumba más.

Karen hace una llamada y empieza a preguntarme cómo quiero el centro y los ramos de flores.

Yo: Quiero lirios azules y rosas blancas.

Karen habla con alguien que supongo que será el dueño del vivero. Tras colgar me dice que todo está arreglado. No puedo evitar mirarla sin conmoverme y le doy mil gracias. Ella le resta importancia y me dice si todavía quiero cenar.

Para quitar hierro al asunto, empieza a conversar contándome anécdotas graciosas que le sucedieron en el pasado. Me confiesa que me daba por un hombre tenebroso, por las mil veces que la vi y nunca le di confianza. Le cuento que, cuando llegué, ese era mi plan, pasar por el tiempo sin que nadie tropezase en mi vida. Me había casado con la soledad mientras la melancolía nos tocaba los violines.

Después de cenar, decimos acostarnos pronto para ir al día siguiente al entierro, aunque ella se va a dormir antes que yo. Me quedo con Piti, que está sentada a mi lado, mirando hacia la oscuridad. Mientras le acaricio la cabeza, me vuelvo a preguntar quién será su dueña, algo a lo que sigo dándole vueltas. Estoy seguro de que la conozco, pero mis olvidos no la encuentran en mis recuerdos. Cojo mi vaso resquebrajado y me tomo de un trago la copa que agito, medio enrabiado por no recordar. Despido la noche haciéndole un desplante a la soledad. Volveré a dormir acompañado, sintiendo el calor del amor que me regala el destino del azar.

Amanezco extendiendo el brazo para buscar a Karen, pero ella no está. Afinando el oído, escucho la ducha. Se ha levantado antes que yo. Me dirijo a la cocina, donde me encuentro el té preparado junto a un trozo de papel escrito: «En los días grises de lluvia, llevaré un paraguas para que te refugies en él».

Karen sale de la ducha y, cuando llega a la cocina, cruzo mi mirada con suya. En el pecho, los latidos se deshacen de amor. Hoy es un día gris, aunque brille el sol, y ella me ha protegido bajo su paraguas. Es un gesto muy bonito. Sigo sin entender cómo alejé a las personas hasta el sol, donde era imposible verlas. No voy a compadecerme, porque ahora el sol lo tengo en mi casa, protegiéndome.

Se acerca la hora y nos montamos en el coche para dirigirnos hacia el cementerio. Piti está más nerviosa de lo habitual y no se queda quieta en el asiento de atrás. Ladra e intento calmarla cogiéndola del collar y acariciándole el lomo. Piti me lame la cara y Karen nos mira medio sonriendo. Mis dos ángeles me protegen. La cara de Karen va cambiando, sus pupilas se dilatan, su sonrisa se esconde y levanta las cejas mientras abre los ojos. Advierto miedo en su rostro y sus ojos gritan socorro. Un estruendo hace aparecer la oscuridad, pero vuelvo en mí. Karen está fuera del coche, con las manos ensangrentadas. Los ladridos de Piti son intensos y constantes. Intento moverme, pero siento un gran dolor en la pierna; está sangrando. Intento llamar a Karen, pero la oscuridad vuelve y me lleva con ella.

Decimocuarto Acto

La luz vuelve a despejar la oscuridad. Todo está en calma. No sé muy bien dónde estoy ni cómo he llegado aquí. Es el principio de un camino de arena y tengo el sol encima. Noto su calor, aunque no lo vea. Me doy la vuelta y veo un muro pintado de negro. Me pregunto si es un sueño, pero parece real. Empiezo a caminar mientras sopla un viento que barre la arena, dejando un camino de asfalto que se junta con el cielo. No hay nada más alrededor, pero no paro de caminar. Intento pensar qué es lo que ha pasado, y recuerdo a Karen mirándome y a Piti ladrando, pero no sé por qué. Veo como un balón gigante rueda desde el final del camino hacia mí, pero cuanto más se acerca, más va menguando. Se deforma en algo brillante que llega a mis pies. Lo observo hasta que me ciega y me hace apartar la vista. Cuando recupero la visión, se están levantado unos muros altos con torretas en la orilla del camino. Vislumbro a princesas de cuentos pidiendo auxilio. Trepo el muro, pero cuando llego desaparecen. Se abre una escalera de caracol por la que desciendo al camino gris de asfalto.

Me detengo frente a una puerta que me impide bordear. Giro el pomo y la abro, pero todo está oscuro. No me da miedo y entro en ella. Se enciende una luz tenue, donde veo una mesita con un marco al lado y unas maletas que danzan dando círculos. En una de ellas veo el dibujo de un beso plasmado. Se encienden unos focos y estoy en un aeropuerto esperando a alguien, y veo a una niña de espaldas. Camino hacia ella, pero me rehúye. Noto un gancho en la espalda que me eleva y me lleva fuera de allí, en mitad de un bosque donde la maleza construye un pequeño arco. Me adentro en él y nace el sol que cada vez brilla más. Estoy en un aula y veo pupitres sin sillas apilados unos encima de otros; hay uno en el suelo, grabado con un medio corazón apuñalado. Un diablo que hace de santo dibuja un telón que cierra esa escena. Me hace correrlo de un salto y caigo en una acera donde veo otro pomo que está roto. En la cerradura lleva las letras XS grabadas. Cuando las voy a tocar, se rompe en mil trozos y vuelve a apagarse la luz.

Es como un sueño, pero muy real. Estoy calmado, no hay nada que me sobrecoja, noto cómo doy vueltas en la oscuridad. Hay una luz que tartamudea, como un *flash;* escucho música de fondo y explota un estallido de luz en una bola de cristal. Estoy encima de un vinilo en un tocadiscos, donde hay unos números y de donde nacen medios cuerpos con minifaldas. Estoy atrapado, no encuentro la salida no sé qué hacer. Me escuecen los ojos, pero no puedo tocarlos. Vuelve la oscuridad mientras sube el volumen de la música. La situación me desespera y los ojos me están ardiendo. Algo me los tapa y me está volviendo loco. Noto un nudo detrás de la cabeza y lo rompo para quitarme una venda. Estoy en una barca en mitad de un lago. Siento odio, pero se respira paz. El agua es cristalina y no hay nada más alrededor. El cielo es blanco. Cuando miro otra vez al agua, veo una sombra y me llama la atención cómo se hunde en el fondo. Intento cogerla metiendo la mano en el agua, pero no llego a ella; tampoco puedo sacar la mano. Sumerjo la otra, pero también queda atrapada. Se levanta un oleaje que me hace volcar, hundiéndome en el fondo, donde quedo tumbado en una cama. Aparecen unas sirenas que me rodean y me acarician el cuerpo, subiendo el tono de sus caricias. Van pasando una por una hasta que empiezan a nadar alrededor mío, creando un remolino que me impulsa hasta una playa vacía. En la orilla, hay unas huellas de pato que sigo hasta llegar a un muro. Encima de él distingo un juguete antiguo con imanes que lo mueven. Tengo miedo al cogerlo, pero no basta para detenerme. Observo a través de él y veo una pareja bailando; se funden en un horno y de una pequeña bañera emerge una fuente seca. Cuando aparto la vista del juguete, veo unos ojos verdes preciosos mientras siento un cuchillo clavado en el corazón. Cuando agacho la mirada, no hay nada en el pecho, pero en una de las manos sostengo un arma y en la otra un corazón que voy apuñalando. Con cada estocada me duele el mío y siento cómo lo defraudo. No puedo alzar la mirada porque esos ojos verdes siguen ahí. Arrodillado de dolor, veo treinta monedas de oro y llueve tierra sobre mí. Me están enterrando vivo y lucho contra ello como puedo, pero cada vez que intento levantarme me hacen tropezar.

Todo cesa. Cuando estoy medio enterrado, logro zafarme y emerjo en un secano de tierra árida quebrada por el sol que calienta fuerte. Camino sin cesar, pero no cambia el escenario. El sol provoca que me arda el cuerpo y me estoy derritiendo, perdido en un laberinto sin paredes. Logro encontrar un árbol al borde de un precipicio y me dirijo a él para cobijarme. Es un melocotonero y, cuando voy a coger su fruto, una jaula ovalada cae sobre mí.

La noche llega sin estrellas, solo con una tímida luna que ilumina como un foco a la niña de antes, que había desaparecido detrás de la puerta tapiada. La niña se acerca, pero no logro verle la cara, y me lanza un libro. Lo abro y está en blanco. Me voy adentrado en su fondo, donde empieza a dibujarse el cuento de dos enamorados que pasean de la mano y llevan toda una vida amándose. Al girar una de las hojas, hay un dibujo de él esperando. Está triste. Me mira a los ojos y me doy cuenta de que soy yo. Una llama cobra vida y arde en mis manos. Las alzo y le prendo fuego al cielo blanco, que arde como un papel. Me devuelve a la jaula y escucho balbucear a un niño. Un bebe anda por el borde del precipicio. Intento cogerlo entre los barrotes y extiendo el brazo, pero no consigo rozarlo. Desespero cuando un huracán de cenizas prendidas en llamas eleva al niño hasta el cielo y desaparece en él.

Todo se ha vuelto gris. Las lágrimas me recorren las mejillas sin cesar, aunque, cuando caen en la árida tierra, se evaporan. Doy vueltas buscando una salida cuando la tierra tiembla y empieza a romperse debajo de mí, haciéndome caer en el fondo del precipicio. Intento andar, pero mis pies no se mueven; están hundidos en una arena fina que levanta enredaderas con espinas y me vuelve a enjaular. Intento agarrarme a ellas para salir de esa arena, pero sus espinas afiladas como cuchillos me cortan, dejándome heridas que no sangran, pero cicatrizan en un dolor desesperante. Me rindo. No tengo fuerzas. La arena me engulle asfixiándome y, en mi último aliento, me traga. Me deslizo por un tobogán que me hace descender hasta un lugar frío y siniestro donde no hay vida. Me abrazo a un banco de niebla que dibuja en blanco y negro amaneceres, donde el sol se esconde en sus primeros rayos. Al moverme, me doy cuenta de que estoy encadenado de pies y manos, escuchando un minutero de un reloj que se acerca a mí, en el que sus agujas se mueven muy deprisa. El tiempo avanza muy deprisa, pero yo no me inmuto. Mis sentimientos nulos están atrapados en la melancolía de la soledad que invade mi tristeza. Mi mirada está hipnotizada por las agujas del reloj, que hacen perder la noción del tiempo. Unas manos frías me tapan los ojos y escucho una respiración mientras todo se ralentiza: las agujas del reloj se van frenando, las manos se retiran de mis ojos y me muestran la calma en una tormenta paralizada donde rompe mis cadenas, siento esas manos frías agarradas a las mías. Aunque no las vea, me están hablando. Entiendo cada palabra. En silencio, su alma pide auxilio y la mía sale en su búsqueda. La levanto, le sacudo el polvo, me sonríe, me agradece el gesto y corre un tupido velo.

Veo una mujer con una capucha blanca y sostiene un puzle de lana roja rota, sin dibujo. Va cosiendo sus remiendos costura a costura; con destreza, comienza a juntar un corazón hasta unir la pieza. Dibuja una sonrisa en mi cara por la sutileza con que lo está haciendo. Es delicada a la hora de coser. Una vez que ha terminado, comienza a palpitar y lo pega en mi pecho, donde lo noto latir. Se gira y deja caer su capucha blanca; es un ángel que se marcha aleteando sus majestuosas alas. Cuando la pierdo de vista, la silla empieza avanzar muy deprisa, como si estuviese en una montaña rusa que sube y baja al ritmo de la música de unos acordes que salen de un sintetizador; crea una partitura donde están escondidos mis sentimientos. La partitura se trasforma en un rail por el cual avanzo hasta llegar a una barra donde me sirven una ginebra con tónica. Por inercia, salgo a la terraza, donde hay una sola mesa y dos sillas vacías. Me siento en una de ellas. Cuando estoy dando el primer sorbo a mi copa, alguien se sienta para hacerme compañía. Es un hombre al que no le presto atención por tener la mirada perdida, pero lo escucho atentamente mientras saboreo la ginebra. Me habla de la vida y me da consejos hasta que pronuncia: «Estos son los pequeños detalles de la vida que te harán feliz». Me giro asombrado y veo a mi padre, que me sonríe mientras se levanta para marcharse sin decir adiós. El cielo se vuelve negro y unos rayos caen. Pura electricidad me atraviesa el cuerpo una y otra vez. Cuando todo cesa, mi vaso de ginebra está volcado, resquebrajado, pero no se ha derramado el ultimo trago. Me lo bebo y brindo solo por los que se marcharon.

Mi cuerpo dolorido empieza a caminar por unas calles vacías, donde solo hay imágenes de personas sombrías. Distingo una iglesia con dos personas con túnicas moradas y una cruz dorada. Hacen una hoguera con billetes mientras en la acera de enfrente hay un hombre desaliñado pidiendo limosna.

Retrocedo y veo unos edificios en llamas. Hay un pequeño palco con una silla de hielo en mitad de la calle. Subo al palco y me siento en esa silla justo cuando salen unas actrices que interpretan a la lujuria desenfrenada. Me doy cuenta que soy el único espectador. La locura está ahorcando a la cordura en un extremo de mi silla. Un revés en la cara hace que la silla se gire y me lleva dentro de un avión descontrolado que cae en picado. Entre las butacas vacías, logro llegar hasta la cabina, pero no hay nadie. Cojo los mandos, pero sigo cayendo. Cuando me voy a estrellar contra el mar, el avión se paraliza y queda a escasos centímetros del agua. Se abre una puerta, y me acerco a unas escaleras y las bajo. Estoy varado en una isla frente a la que se alza otro trozo de tierra, pero más grande. Una mujer alarga los brazos hasta mi pecho y me arranca el corazón. Se aleja, llevándoselo. Vuelve para devolvérmelo, pero, cuando lo voy a coger, se retira de nuevo, repetidas veces. No puedo recuperar mi corazón.

El sol se pone y sigue repitiéndose la misma situación. Cuando sale la luna, ralentiza las idas y venidas. Puedo observar lágrimas en sus mejillas. Vuelve a salir el sol y ella no cesa hasta que cae la luna. Se acerca, me besa y me lo devuelve, aunque rompe un trozo y lo guarda en su pecho. El pesimismo se apodera de mí. Lo tengo en mis manos, pero en él hay una marca de un descosido. En el suelo, hay un billete de embarque de vuelta y la mujer se aleja, poniendo agua de por medio. Salen de ella unas raíces que se arraigan hasta convertirla en un árbol. Cuando las aguas se levantan para caer sobre mí, arrastrándome por sus mareas, llego hasta el infinito con una máscara que sonríe por mí. Siguiendo la corriente, escucho a Piti ladrar. Me está marcando el camino. Empiezo a nadar entre las olas y logro verla en unas rocas. Atravieso los corales, que me hieren el brazo, y llego a la orilla.

Agarrándome a una roca, destrozado por tan largo viaje, elevo el cuerpo tatuado de cicatrices. Sigo escuchando a Piti, pero no la veo. La brisa hace pasar por delante de mí una pamela y la postra detrás de las rocas, en un llano. Saco fuerzas de donde no las hay para subirme y caminar hasta llegar a ella. La pamela me resulta familiar. Mientras la recojo, veo nacer una planta de la que brota una flor azul. Unas suaves rachas de viento la van moviendo, dibujando un camino que sigo. El suave viento la posa en una piedra. Cuando llego, la flor se seca hasta convertirse en polvo y dibuja su silueta en la piedra. Vuelvo a escuchar a Piti ladrar. Levanto la vista, pero no la localizo. Al darme la vuelta, veo a gente andado por una calle. Entre ellos, hay una chica de espaldas a mí, parada a escasos metros. Tiene una melena morena, lleva un vestido blanco y en la parte inferior destaca un dibujo de la flor azul. Me acerco y colocó la mano sobre su hombro. Ella me responde cogiéndome la mano y me pide que la siga. Empieza andar entre la gente, adentrándose en unas calles estrechas. Intento alcanzarla, pero no lo logro. Le grito que se pare un momento, pero de la nada saca la pamela que yo había cogido y se la coloca sin parar de andar. La sigo por las calles, que se van estrechando más. La veo subir unas escaleras y me dirijo hacia allí. Conducen a un tejado muy largo en cuyo final está ella sentada al borde. Me acerco, pero resbalo y quedo aferrado con una mano a la última teja. Debajo hay un desfiladero de puntiagudas rocas con las aguas embravecidas. Alzo la vista y ahí está ella, aunque el sol me ciega. Le pido ayuda, pero no se inmuta y mis dedos empiezan a resbalarse por la teja. Le vuelvo a decir que me ayude, pero me contesta: «No tengas miedo de caer al vacío, yo te cogeré». Suelto la teja, quedando a merced del abismo, cuando noto unos brazos que me recorren el cuerpo y me bajan con lentitud. Veo su vestido blanco con el grabado de la flor azul. El sol se apaga, dando pasión a nuestro ser. No la veo, pero saboreo una copa vino y unas sábanas se enredan, entrelazándonos.

Sale el alba, pero ella ya no está conmigo. Me encuentro tumbado entre flores y coronas. Me levanto, veo una tumba con esa flor azul y no sé por qué me recuerda a Cupido. De mi bolsillo saco un contrato que rompo tras un latido. Sigo observando la tumba sin nombre y escucho llorar a un bebé desde dentro de la tumba. Escarbo en la tierra con mis manos hasta dar con el ataúd. Abro sus cierres deprisa y encuentro a una niña recién nacida que todavía tiene el cordón umbilical. La cojo entre los brazos y la duermo mientras me susurra la voz de la chica que no la mire a ella. Un ladrido nos interrumpe y veo a Piti en el asiento de atrás de un coche. Está más nerviosa de lo habitual; no se queda quieta y ladra. Intento calmarla cogiéndola y acariciando el lomo. Piti me lame la cara y vuelvo a escuchar ese susurro: «No la mires a ella». Cuando me giro, Karen nos está mirando con una sonrisa. Está bellísima. No sé cómo he podido amarla tanto en tan poco tiempo. Su cara va cambiando, sus pupilas se dilatan, su sonrisa se esconde y levanta las cejas hasta abrir mucho los ojos. El miedo se refleja en su rostro, sus ojos gritan socorro. Un estruendo lo paraliza todo, creando una oscuridad que me mece y me canta una nana. Lucho por no quedarme dormido, pero me resulta imposible. Caigo enredado en una tela de araña que me envuelve.

Paralizado, veo una vieja película donde no hay nada salvo los sentimientos que afloran, erizando el alma. Una pregunta sin respuesta en un mundo surrealista. Guerras en las que pierdes y ganas, dejando un trozo de ti en cada campo de batalla. Las noches se convierten en mañanas, los soles en lunas. Cruzo el tiempo entre pasado, presente y futuro; se confunden, agitándose dentro de un coctel servido en una media copa que puede crear lagunas que jamás recordarás. Te muestra un camino ficticio que has soñando despierto y vivido dormido; no distingues la realidad de la ilusión, de una fantasía paralizada en una milésima de segundo, de toda una vida de verdades y mentiras. No sabes distinguirlas en esa imagen paralizada donde te muestra el sendero de tu vida.

<u>Decimoquinto Acto</u>

Siento el cuerpo dolorido e inmóvil, postrado en una cama que no es la mía. No puedo abrir los párpados, que pesan como si estuviesen atados a un ancla en el fondo del mar. Escucho un pitido intermitente entre voces que no distingo. Intento entender lo que está sucediendo, pero mi mente no recuerda cómo he llegado aquí. Con un sobreesfuerzo, empiezo a levantar el ancla de mis ojos y veo una imagen borrosa acompañada de una voz que me pide calma. La imagen va cogiendo nitidez y distingo a una enfermera que me está explorando. Mi voz rota le pregunta dónde estoy y ella me pregunta si sé quién soy. Contesto que sí y le digo mi nombre. Ella me responde que estoy en un hospital, que he sufrido un grave accidente. Pregunto por Karen y me dice que ella está bien. Mis párpados no aguantan el peso del ancla y vuelven a caer.

Despierto de nuevo, pero no veo con nitidez. Cuando logro enfocar, distingo a Karen, que me mira derramando lagrimas mientras me estrecha la mano. Tengo una pierna vendada y unas gasas en el costado izquierdo. Karen me explica que sufrimos un accidente, que un coche nos envistió, provocándome las heridas que tengo. Mientras me lo cuenta sigue llorando. Dice que estuve un par minutos muerto, que me han operado tres veces, dos intervenciones en la pierna y una para cerrarme la herida que tengo en las costillas, y que el amasijo de hierro del coche me perforó un pulmón. Le pregunto por Piti. Ella me sonríe para tranquilizarme y dice que no sufrió ningún daño, pero tuvieron que llevarla a otra isla para examinarla y le encontraron un chip. Desde entonces, está bajo custodia porque creen que han encontrado la localización de la familia de la mujer. Me siento aliviado porque mis dos mujeres están a salvo, aunque ese consuelo sea amargo; Piti ha cumplido su tarea de coserme el alma y ahora se marcha.

Karen tiene una mano semivendada. Le pregunto cómo está y ella le quita hierro al asunto diciendo que solo sufrió un corte en la mano. Levanto el brazo derecho con algo de dolor, coloco la mano en su mejilla y recojo sus lágrimas. Karen se derrumba y, llorando me confiesa que pensó que me perdía y que han sido unas semanas muy duras. La consuelo medio riendo y le digo que mi plan de morirme para deshacerme de ella no me ha salido bien. Sonríe diciéndome qué tonto que soy. Le pregunto cuánto tiempo llevo en el hospital y Karen me responde que dieciocho días. Solo recuerdo haber ido en el coche con ella. Me sigue diciendo que me tuvieron que trasladar a otra isla por la gravedad de mis heridas, pero que no me preocupe por nada, que mis animales están bien cuidados por Jacob, que se ha hecho cargo de ellos.

Han pasado tres semanas y he podido hablar con Alfred. Me ha informado de que Piti está bien cuidada. Me comunica que cree que han encontrado a la familia de la mujer, pero todavía no está muy seguro de que cuando llegue vendrá a verme. La herida del pecho ha cicatrizado y me van dar el alta, puedo irme a casa. Tengo muchas ganas de volver y quiero ver a Piti, quiero saber quién era esa mujer.

Cogemos un barco nada más salir del hospital. Nada más zarpar, Karen se ha quedado dormida mientras yo disfruto con la brisa del mar, observando la delgada línea que separa el cielo del mar. Cuando alzo la vista y el sol me ciega, recuerdo que una vez conocí a una diosa, otro amor, pero muy diferente porque ni intenté luchar por él. No fue reciproco, sino una preciosa amistad, una historia que solo pasó por mi vida sin dañar nada, porque ya no quedaba nada que lastimar.

Teníamos una amistad sin más. A veces coincidíamos y teníamos charlas sobre cómo nos iba la vida. En muchas ocasiones me regañaba porque ella no coincidía con lo que yo vivía. Los años pasaban, su relación se hundió y empezó a vivir por caminos que yo ya había recorrido, clavándome alambres de espino. Intenté explicárselo, pero hizo oídos sordos. Nos estuvimos escribiendo, pero muy de vez en cuando. Ella había encontrado un nuevo amor y así fueron pasando los meses sin saber mucho mas de ella.

Una tarde me llamó y me confesó que estaba hundida, perdida. Su inocencia en la vida había hecho mella en su tierno corazón; enredada en el alambre de espino, se desangraba sin saber las respuestas a las preguntas que lanzaba. Salí a su encuentro para dejarle mi hombro, que fue el consuelo de muchas. En eso nunca fallé; cuando alguien me necesitó, allí estuve. La acompañé sin ningún pretexto, solo para aliviar su llanto e intentar que brillara el sol en sus días grises. Empezamos a quedar más y fue desnudando su alma capa tras capa. Me enamoré al ver a una diosa hecha persona, pero no fue intenso. Yo andaba de capa caída, no creía en el amor y me daba miedo volver al mismo principio. Además, no fue reciproco y esta vez me importó poco. Le fui sincero al declararle mi amor en una batalla a la que me presenté sin armas, ni siquiera con un escudo. Clavé mi bandera blanca, dando por perdido el amor que sentí por ella antes de que comenzara.

Para subirle la moral, siempre la idolatraba, pero no mentía en nada, porque era puro amor; simpática, con un buen corazón, de esas chicas que mueres por tener para siempre. Pero mi vida en ese lugar estaba dando sus últimos coletazos. Recuerdo empezar a bailar con ella, entre risas, y soltarse la melena alocada. Vi brillar su sonrisa y con eso me bastó, aunque no acabó ahí. En mil llamadas hablamos de amor, de por qué existía gente que podía coger un corazón y crear un avión de papel para soltarlo con el primer viento de la mañana. Charlando sobre la cruda realidad, le enseñé todo lo que aprendí, tanto lo malo como lo bueno. Le demostré que hay personas crueles que pueden envolverte en una tela de araña para dejarte de segundo plato. Si cuando salía no comía, siempre tendría un plato caliente al regresar a casa. También le enseñé a mirar a los ojos a esos hombres buenos que quedarían y distinguirlos. Plasmé en un folio en blanco todo lo que aprendí en el clamor de una victoria o derrota por amor. Sabía que mis días allí estaban contados y, como legado, logré que brillaran sus ojos y no por las lágrimas. Una vez que conseguí que ese brillo no fuese intermitente, me fui apartando paso tras paso, en silencio, despacio, hasta desaparecer como el humo de un cigarro.

Siempre pensé que era mucho arroz para tan poco pollo, pero tampoco estaba yo para combatir ninguna guerra. Cuando decidí marcharme de allí, sin decir adiós, me había distanciado de todos. No quería despedidas. Con una maleta de mano me dispuse a marcharme y tomé un avión para recorrer el mundo, sin prisas, sin rumbo.

Pero el destino del azar la sentó a mi lado. Tras un año sin encontrarnos, en el que habíamos hablado en ocasiones que se podían contar con los dedos de una mano, se alegró de verme. Pasamos el vuelo recordando lo tonta que había sido llorando en mi hombro o mi declaración, que había sido como saltar al vacío, pero en mitad del vuelo echarme hacia atrás. Entre risas y copas de vino, llegamos al destino. Me invitó a su hotel y esa noche salimos a emborracharnos con champán. Despertamos en su cama, desnudos. Antes de que saliera el sol, me marché, aunque le dejé una nota de despedida. Le pedí perdón y maldije que no hubiésemos tenido antes esa noche. Pero yo tenía que recorrer un camino donde ella ya no tenía cabida.

En mis días perdidos, vi mi pena reflejada en los ojos de una diosa que idolatraba. Intenté salvarla ante la cruda realidad de personas que carecen de sentimientos y crean aviones de papel con corazones que desean amar.

Ella desnudó su alma capa por capa y fue imposible no amarla, pero solo quedará ese recuerdo en una bonita amistad. Anclé mi corazón en un campo de batalla donde saqué la bandera blanca antes de disparar.

Era la mejor obra que vi pintada: su corazón lleno de ternura mezclada con inocencia, su bondad, el cariño de su alegría que dibuja en su sonrisa.

Una vez le enseñé a afrontar las paradojas de la vida, fui desapareciendo. Retomé mi viaje con un corazón despedazado por el tiempo, sin tener ningún rumbo. El destino del azar haría que la encontrase años más tarde, en el último asiento de un vuelo. Recordamos viejos tiempos donde la pena habitó en ella y mi amor saltó con paracaídas por un precipicio por el que tardé en caer. Una habitación de hotel, donde, sin recordar muy bien lo que sucedió antes de que el sol saliera, nuestros cuerpos desnudos se enredaron entre botellas de champan. Me despedí maldiciendo que ojalá ese día hubiese llegado antes de tener que marcharme sin decir adiós, sin palabras, saliendo de puntillas y retomando mi camino sin rumbo.

Al legar al puerto, estoy triste por no tener a Piti a mi lado. Ella empezó a llenarme de alegría y, aunque es verdad que también la comparto con Karen, me resulta imposible no derramar alguna lágrima por Piti, aunque sabía que este día llegaría. Karen se ha despertado y, al verme llorar, me abraza por la espalda, diciéndome que no me preocupe. Agradezco que intente levantarme el ánimo. Me propone comer, pero antes quiero llevar flores a la tumba de la mujer. No llegué a su entierro y, aunque no he querido pensar mucho en eso, me siento en deuda. Karen acepta.

Jacob ha venido a buscarnos en su coche. Conversamos sobre cómo me encuentro, bromeando sobre mi nuevo coche, que es una silla de ruedas. Llegamos al vivero, donde nos reciben Rouse y Rick, amigos de Karen. Me preparan un ramo de lirios azules. Nos despedimos y nos dirigimos hacia el cementerio. Una vez allí, Jacob empuja mi silla de ruedas hasta la puerta, donde le hago parar. Les pido entrar solo. Recuerdo cuando falleció mi padre y que tardé mucho tiempo en afrontar el hecho de ir a visitarlo al cementerio. La situación me está removiendo por dentro. Giro las ruedas de la silla, con el ramo sobre las piernas, y avanzo.

La tumba está rodeada de coronas de flores que se han secado. Los latidos del corazón se me disparan al llegar ante la lápida. El pulso me tiembla cuando intento poner el ramo de flores encima. A pesar de que las tumbas son siniestras, esta es bonita y han grabado en ella un lirio azul en una de las esquinas. Imagino que habrá sido cosa de Karen. Coloco la mano sobre la tumba, pidiendo perdón por no haberle concedido un poco de mi tiempo. Me quedo un par de minutos en silencio, despidiéndome de ella.

Cuando vuelvo, Karen está pendiente de mi cara y cumple su promesa de ser el paraguas que me refugia en los días grises de lluvia, aunque brille el sol. Vamos a comer al bar de Jacob, que se ha ofrecido a invitarnos. Como siempre, pasamos un rato agradable de sobremesa y seguimos bromeando sobre mi silla de ruedas. Al caer la tarde, aparece el agente Alfred, que me pide si puede hablar conmigo.

Alfred: ¿Cómo se encuentra?

Yo: Estoy con fuerzas. ¿Qué se ha sabido de la mujer?

Sargento: No tengo buenas noticias.

Yo: ¿Qué ha pasado?

Sargento: Hemos encontrado a los dueños del animal…

Yo: Pero eso es bueno, ¿no? (Lo interrumpo).

Alfred: La dueña del animal no era de esta isla, sino de una cercana. Falleció hace año y medio. Era una mujer austriaca y el animal pertenece a esa familia por ley. Ha quedado en manos de las autoridades de esa isla, aunque sé que ellos seguirán investigando para saber quién era esa mujer.

Yo: ¿Se van a llevar a Piti? (Es como llamo al animal).

Alfred: Lo desconozco, pero mañana nos lo devolverán por si quieres decirle adiós.

Me da un número de teléfono extraoficialmente, que pertenece a la familia de la verdadera dueña de Piti. Nos despedimos y le agradezco lo que está haciendo por mí.

Tengo un nudo en la garganta. Me cuesta hacerme a la idea de que Piti se marche para siempre.

Cuando regreso a la mesa, le pido a Karen que me lleve a casa porque estoy cansado. Jacob nos presta el coche hasta que arreglemos el de ella. De camino a casa, Karen me pregunta cómo estoy y le cuento la conversación que he mantenido con Alfred. Cuando digo que mañana Piti se marcha, se hace el silencio.

<u>Decimosexto Acto</u>

Una vez llegamos, encuentro mi casa cambiada. La han pintado, pero conserva el mismo color. Cuando nos adentramos en ella, veo que han construido un nuevo porche y quitado el viejo. Han incluido una pequeña rampa, han labrado el campo y arreglado las vallas. A pesar de que todo está muy bien organizado, no me está gustando. Le pregunto a Karen qué ha pasado y me contesta que ha arreglado un poquito mi casa, que le hacía falta y ahora que yo no podría hacerlo. Cuando entro, descubro que han quitado mi viejo sillón y lo han cambiado por un sofá de tres plazas. Hay un televisor y la cocina está cambiada.

Karen: ¿Te gusta cómo ha quedado?

Yo: No sé qué decir.

El tono es seco y Karen lo nota enseguida.

Karen: ¿Qué te pasa?

Yo: Nada, salvo que esta no es mi casa, la que yo recuerdo.

Karen: Pensaba que te haría ilusión.

Yo: Pues hoy no. Además, deberías haberme consultado.

Karen: Vale, pero ¿puedes de dejar de hablarme tan seco?

Yo: ¿Dónde está la manta de Piti?

Karen: No lo sé, estará guardada.

Yo: No entiendo tanto cambio, no me he quedado minusválido.

Karen: Lo he hecho por ti.

Yo: ¿Por mí o por ti? Yo estaba muy a gusto con lo que tenía.

Karen: Creo que es mejor que me vaya a dormir a mi casa.

Yo: Pues creo que sí. Allí no habrá cambios.

Karen: Si estas cabreado por otros asuntos, no la pagues conmigo. Todo esto lo que he hecho por ti, ¿lo has entendido? Ya hablamos. Me voy. Si necesitas algo, ya me llamarás.

Ni me giro a ver cómo se marcha y escucho al coche alejarse. Estoy cabreado y no sé por qué. Quizás por perder a Piti o por tantos cambios, que han sacado a mis miedos, a mis demonios. Sé que están presentes. No digo que mi casa no necesite cambios, pero ahora mismo no encuentro mi zona de confort. Seré estúpido. Si no tengo mayor confort que ella. Karen lo ha hecho con su mejor intención.

Resoplo. Necesito tomarme con más calma los cambios. Mañana hablaré con Karen. Hoy solo me quiero emborrachar y dejar la mente en blanco. No reconozco mi casa, pero al menos me han dejado el pequeño minibar en orden. Saltando a la pata coja, doy varios viajes hasta dejar en la mesa lo que me hace falta: mi vaso resquebrajado y unos peces de hielo para remojarlos en Bourbon. Cuando me siento en mi nuevo porche, no estoy cómodo. Está demasiado iluminado. Vuelvo a resoplar; si no había tanta luz, sería por algo. ¿Y la rampa? Como si me fuese a quedar toda la vida postrado en la silla. Con cuatro tablas yo lo hubiese hecho mejor.

Sigo un buen rato refunfuñando, discutiendo conmigo mismo sobre lo idiota que puedo llegar a ser. Apago la luz del porche y me siento más tranquilo. Me bebo de un trago la primera copa de Bourbon, que calma mi estúpido cabreo. Al rellenar otro vaso, recuerdo a mi madre. Ella siempre se quejaba por todo, era su forma de ser, aunque fue una luchadora. Soportó en sus hombros las muertes seguidas de su hermana, su padre, su madre y su marido.

Siempre choqué con ella. Como dos tranvías en el mismo rail, saltaban chispas. Pero lo bueno que teníamos era que, igual que chocábamos podíamos acabar riéndonos. Recuerdo no haber sido el hijo perfecto, pero, hasta el día en que me fui, siempre estuve a su lado. La recuerdo muy intensamente, como los tragos que estoy tomando. Cada trago me recuerda a ella, porque en nuestra vida hubo una guerra entre todas que nos marcaría. Su guerra se convirtió en la mía. Podíamos estar meses sin hablarnos viviendo bajo el mismo techo. Nuestro orgullo no hacía fácil el decirnos que nos queríamos o pedirnos perdón. Para hacer las paces, ella me preparaba una olla de macarrones que me volvían loco.

Trago a trago, rememoro más recuerdos de mi infancia con ella; caminatas en pleno verano, cuando el sol más calentaba, para llevarnos a la playa. No había niño que no conociera a mi madre y a todos les caía genial salvo a mí. La cantidad de ligues míos que tuvo que conocer. Siempre soñó con que yo formara una familia y le diera un nieto, pero convertí ese sueño en frustración. Una carta más para reprocharme. Al morir mi padre, la situación se volvió peor. La cuidé lo mejor que pude y moriré creyendo que no lo hice mal.

Mientras me tomo la tercera, recuerdo la vez que me escapé con doce años de mi casa. Ella no cesó en buscarme durante tres días mientras yo andaba de en playa en playa. Me escapé porque, cuando me castigaba, yo la amenazaba con irme y me decía que nunca caería esa breva del árbol. Yo tenía mucho de mi madre. Me cuidó bien, aunque me contradijera en todas las decisiones que tomaba y volviéramos a discutir. Recuerdo no haber estado a su lado cuando murió, pero sé que ella me lo perdonó, porque yo debía irme para ser feliz. Al morir mi padre, me eché mucho peso a las espaldas y me pasó factura.

Vuelvo a tragar el dulzor amargo del Bourbon mientras recuerdo mis cumpleaños. Siempre compraba una tarta helada con unas bengalas de velas. Tengo recuerdos bonitos y amargos como los tragos desmedidos de esta noche. Cuando me estoy acabando la tercera copa, relleno la cuarta, como si no tuviese fondo.

Cuando me marché, no me pude despedir de ella, aunque sé que estaba al tanto de que me iría. Recuerdo nuestras peleas por ir de fiesta en fiesta, sin parar por casa. Ahora pienso que tuvo que ser un desquicio para ella el pensar qué hacía yo por las noches. La borrachera sacude mi cuerpo como lo hacía con ella. Acabándome el cuarto vaso de Bourbon, recuerdo su adicción, la cual odié y ahora es mi desahogo. Innumerables veces no la reconocí. Avisé de la tormenta que en ella se avecinaba, pero estuve solo intentando pasarla con chubasquero. Cuántas veces tiraba por el fregadero el alcohol que me encontraba. Bebiendo a morro de la botella, ahora me emborracho como ella lo hacía, sin tener fin, hasta acabarse o caer rendida. Cuando disimulaba beber vino con un zumo de fresa hasta que lo descubrí. Su aliento la delató.

Recuerdo los alijos de cerveza escondidos detrás de un rodapié, recuerdo mis peleas con ella para que dejara de beber mientras mi cabeza se balancea. Me decía que el alcohol se lo había echado a la comida para darle sabor. Me acabo la botella como lo hacía ella, hasta la última gota. Todo me da vueltas, como las que ella daba, ahogando las penas en la bebida. Me volví como ella y escogí el camino fácil, vomitando una y otra vez la rabia que me nacía al verla beber. Aunque no nos diferencia nada, yo bebo para matar los recuerdos que se apoderan de mí. No hay mayor pena para un hijo que ver a su madre tirada en su propio vómito, y sentir la impotencia de encontrarla en un pozo y no saber cómo salvarla.

Aunque tenga la pierna inmovilizada, me alzo y me arrastro a por otra botella. La abro con la intención de acabarla o que acabe conmigo. Mi madre me enseñó lo poco que importaba la vida. Ni saboreo, solo bebo, y no puedo sostener la botella. Recuerdo verla morir antes de que me fuera. No volví a verla sonreír, a escuchar sus quejas por mí. Se rindió y yo no me podía hundir con ella. Ya es tarde. Vomito esos recuerdos, en los que luché para que ella ganara la batalla a la bebida. Siempre he querido entender por qué una luchadora como ella hundió su vida en el alcohol, sin importarle nadie más. Para lograrlo, me he convertido en su mismo reflejo.

Nunca podré decir que fuiste una mala madre, porque yo no fui un buen hijo, aunque amor nunca faltó. Todo lo contrario. En ocasiones rebosamos de cariño. Siempre estuviste ahí, pasamos una tormenta con chubasquero, sin saber muy bien dónde refugiarnos, sin decirnos un te quiero o un perdón. Pasamos meses sin escucharnos porque sabías hacer las paces conmigo con solo prepararme esos macarrones. Por vivir un cuento que no fue para mí, por ser yo la segunda parte de ese cuento, por no pedirte jamás un perdón, por las palabras de rabia que vomitaba al verte balancearte entre mentiras, por no reglarme el mejor sueño de volverte a ver sonreír, por no escuchar tus quejas sobre mí.

Por desgracia, la muerte fue un paso más de tu vida porque, cuando te vino, ya estabas muerta, acostumbrada a vivir con ella. Sé que, aunque yo no estuviese contigo, me lo perdonaste. En el fondo, sabías que yo tenía que desaparecer para poder ser feliz, dejándote morir antes de que te llegara la hora. Respeté tu decisión y decidí partir para que no me llevaras contigo por el camino que decidiste tomar, pero no reniego de que fuiste una gran madre.

<u>Decimoséptimo Acto</u>

Amanezco con dolor de cabeza, como sin una excavadora estuviese moliendo roca dentro de ella. Unos vómitos dibujan mi nuevo porche junto a cristales de botellas rotas. Anoche desahogué recuerdos enquistados en mi alma de por vida, pero no quiero que sea una excusa para repetirlo. Voy a intentar darme una ducha y luego recogeré el porche. El agua fría disminuye el dolor de cabeza, pero la pierna, aunque no me duela, tiene en la venda marcas de sangre seca. Tendré que bajar al hospital a que me la vean. Escucho un coche que llega por el camino de mi casa. No espero a nadie. Deprisa, intento vestirme como puedo. Cuando estoy acabando, escucho la voz del Alfred, que entra en casa gritando mi nombre. Le contesto que ahora salgo y me responde con un tono más suave que me espera en el porche.
Yo: Buenos días, señor.
Alfred: Buenos días. ¿Se encuentra bien?
Yo: Sí. Si lo dice por el desorden del porche, es que ayer tuve fiesta.
Alfred: Ya veo.
Yo: ¿A qué debo su visita?
Alfred alza la mano para indicar a alguien que venga. Cuando veo a Piti entrar por la puerta y corre hacia mí, me siento como puedo en el suelo y la abrazo. Ni me acordaba. Maldigo al alcohol.
Alfred: Me sabe mal, pero no tenemos mucho tiempo.

Entre lágrimas, le doy las gracias y le ofrezco un té al sargento. Acepta y, mientras lo tomamos, hablamos de lo buena que es Piti. Sé que le sabe mal llevársela, pero no puede hacer más. Antes de irse, le doy una correa por si se pusiera nerviosa y los acompaño hasta el coche. Una vez que Piti sube, la vuelvo a abrazar. Es imposible que la angustia no me encharque los ojos. De nuevo, agradezco el gesto de Alfred. Se marcha y veo cómo me mira Piti, despidiéndose de mí.

Limpio como puedo el desorden del porche y advierto que me sangra la pierna. Me acerco al teléfono y llamo al hospital. Mientras espero a la ambulancia, pienso en Karen. Debería llamarla, pero esperaré a después. No quiero que piense que solo contacto con ella por lo que me ha sucedido. Se merece una disculpa por mi comportamiento.

Los sanitarios llegan enseguida y me suben a la ambulancia. En el trayecto, un sanitario me quita el vendaje y descubre que se han saltado los puntos en dos de las tres cicatrices que me han dejado al operarme. Me dice que no me preocupe, pero que debería estar en reposo para que no suceda de nuevo. Una vez en el hospital, me anestesian la pierna para suturarla y, al acabar, me preguntan si alguien puede venir por mí. Pienso en Karen, pero no quiero molestarla, así que llamo al vivero, a ver si Rouse o Rick pueden hacerme el favor.

Diez minutos después, llega Rouse. Le cuento que ayer discutí con Karen por ser un tarugo. Me confiesa que estuvieron un buen rato hablando y que Karen estaba muy triste. Le he pedido que me haga un favor y Rouse acepta. Mientras la espero, repaso mi vida desde mi llegada a la isla. Antes era más impulsivo y el tiempo me ha ido frenando. Al pensar detenidamente en cada paso, decido que hoy es el día de volver a ser el mismo. Solo tengo que pedirle perdón a Karen.

Rouse regresa y me acompaña a preparar algo que he pensado. Alguien muy sabio me dijo que todo el tiempo que esté triste sin hacer algo para cambiarlo será tiempo que haya perdido. No estoy dispuesto a perder más tiempo. Es casi media tarde y nos paramos a comer en el bar de Jacob, pero no está y nos atiende Helen, su mujer, que es simpática. Más tarde, se incorpora Jacob acompañado de Albert, el dueño y repartidor del almacén; imagino que hoy ha terminado antes. Es la primera vez que estamos reunidos los cuatro; son muy majos. Les cuento la idea que me ronda en la cabeza y les gusta, aunque me toca pagar las bromas que me gastan.

Rouse quiere preparar lo que tengo pensado, pero primero debo disculparme con Karen. Mientras ellos siguen con las bromas, pienso en decirle que la tristeza sobre Piti me sigue enturbiando, pero que tengo que seguir adelante. Helen me acompaña al establecimiento de Karen y le pido que me deje una calle antes, que me las apañaré empujando la silla de ruedas.

Deslizo las manos para hacer girar las ruedas y algo me recorre el estómago. Estoy nervioso. Hace mucho tiempo que no tenía que disculparme ante nadie y aún no sé muy bien lo que le voy a decir. Llego a la puerta y miro a través del cristal. Karen coloca el género en una estantería. Tomo aire y golpeo suavemente el cristal. Karen se gira con cara de sorpresa, se acerca y abre la puerta.

Karen: ¿Ya se te ha pasado el mal humor?

Yo: Sé que las palabras se las lleva el viento, pero te pido perdón. Ayer fue un día duro, con cambios, y quizás no estaba preparado para todo. Te agradezco lo que has hecho por mí.

Karen: Quería que fuese una sorpresa, pero quizás tengas un poco de razón. Pero no voy a pasar que, en vez de hablarlo conmigo, te pongas borde y seco.

Yo: Entonces, ¿me perdonas?

Karen: No hasta que no me eches una mano a colocar el género.

Yo: Pero si voy en silla de ruedas.

Karen: ¿Por qué llevas el vendaje nuevo si no te tocaba medico hasta la semana que viene?

Yo: Anoche agarré una fuerte de Bourbon y, haciendo el burro, se saltaron unos puntos.

Karen: ¿Es que no te puedes quedar quieto? Pero eso no va a librarte de echarme una mano.

Yo: Sin problema, pero poco te podré ayudar.

Karen: A los estantes de abajo llegarás bien.

Me empuja hacia el interior del establecimiento mientras reímos.

Yo: Vas explotar a un pobre minusválido.

Karen: Ayer no lo eras, así que hoy a ayudarme. Ya te lo pensarás mejor la próxima vez que vayas a comportarte como ayer.

Pasamos la tarde colocando el género entre risas. Se lo cambio de lado y le digo con sarcasmo que ahí me gusta más. Karen se ríe, advirtiéndome que no juegue con fuego, que me quemaré. Me invita a su casa. Pasamos por el trastero, donde hay una puerta que da a un patio lleno de plantas, haciendo de recibidor de una casa espectacular. Tiene un gran salón con una chimenea y un montón de habitaciones, a cada cual más bonita. Cuando me lleva a la cocina, me invita a cenar, pero rechazo la invitación porque me tengo que tomar el medicamento. Ella insiste, pero le propongo que mañana me bajo por la mañana y paso el día en su casa. Entre dientes, acepta.

Cogemos el coche de camino a mi terreno. Karen me va diciendo que esta noche estoy castigado, que no se va a quedar a dormir hasta que se le pase el enfado. Me río y le pregunto si es una mujer rencorosa. Me contesta que es justa. Cuando entramos por el camino de mi terreno, ve coches aparcados en el fondo.

Karen: ¿Quién ha venido?

Yo: Unos amigos.

Karen: Yo te mato.

Yo: La primera vez no te salió muy bien.

Karen se burla de mi comentario, pero cuando ve que en el porche nos están esperando Jacob, Rouse, Rick, Helen, Albert, Alfred y unas cuantas amigas de Karen que yo no conozco, se queda sorprendida.

Karen: ¿Y esto?

Yo: Es mi forma de pedirte perdón.

Me mira con los ojos brillantes.

Karen: Es que no me puedo enfadar contigo.

Han dejado el porche precioso, con unos centros de flores preciosos, la luz es más tenue y nos acompaña un gran banquete que ha preparado Helen con ayuda de los demás. Salimos del coche y Albert nos recibe con unas copas de vino que ha cogido de mi pequeño armario.

Empieza la velada y, entre risas, veo la felicidad dibujada en la cara de Karen. De vez en cuando, me echa miradas tiernas. Antes de empezar a cenar, dedico unas palabras de agradecimiento al grupo por lo que han llevado a cabo en mi ausencia y brindo por ello.

Avanzada la noche, los hombres estamos con las copas en un lado de la mesa, hablando de diferentes temas, igual que las mujeres en el otro extremo. Ha llegado la hora de activar el plan que he pensado. Rouse se levanta de la mesa con la excusa de poner música y suena una balada que yo tenía escogida, dando el pistoletazo de salida. Cuando vuelve, me da una sorpresa que guardo para Karen. Jacob, Albert y Rick se levantan y empiezan a cantar la balada, acercándose hacia las mujeres. Yo voy detrás de ellos. Alfred empuja la silla de ruedas mientras los demás me están haciendo de pantalla. Se plantan en frente de Karen, que no para de reírse, seguramente pensando que se nos ha subido las copas. Cuando llega el estribillo, se apartan para dejarme a la vista. Los nervios me hacen temblar. Sobre las piernas llevo un ramo de rosas rojas y Karen se queda boquiabierta. Empujo la silla y me acerco a ella para recitarle unas palabras:

Yo: He caminado por muchos senderos, he tomado muchas decisiones, pero hoy sé que he acertado en todas ellas, porque me han traído a tu lado.

A Karen se le encharcan los ojos. Le acerco el ramo y, cuando el corazón me va a estallar, me besa. Coge las rosas y las huele, dejando al descubierto mi otra mano, que sostiene una cajita abierta. Postrada dentro de ella, hay una alianza de oro blanco con un pequeño diamante. Karen está paralizada, mirándome, y yo salto al vacío.

Yo: No tengo toda una vida para regalarte, pero tengo todo el tiempo para pasarlo a tu lado, ¿quieres casarte conmigo?

Karen rompe a llorar, se abalanza sobre mí y me da un abrazo. Le seco las lágrimas y Rick exclama: «Pero ¡contéstale!».

Karen: Pues claro que sí.

Yo: Gracias, Rick, por un momento pensé que me diría que no.

Todos aplauden mientras Karen y yo nos abrazamos. Para dar cierre al plan, Albert enciende unos fuegos artificiales que colorean el cielo. Cuando levanto la vista, veo detrás de ellos a mis padres y sé que están orgullosos de mí. No puedo evitar que las lágrimas de Karen contagien las mías. Puede ser que me esté precipitando a un vacío donde vuelva a quedarme anclado al fondo, puede ser un poco loco, pero la vida me ha traído hasta ella. Además, no puedo frenar la rebeldía de este corazón por creer otra vez en el amor.

Seguimos festejando, contándonos anécdotas entre champan y copas hasta altas horas de la noche. Agradezco uno por uno lo que han hecho por mí. Sin ellos, esta noche no hubiese sido tan mágica. Todos le quitan importancia, empiezan a bromear con ideas sobre nuestro enlace, a cual más loca. Se marchan para que lo celebremos a solas y Karen los acompaña hasta los coches. Entro en la casa para estrenar mi nuevo sofá, que es cómodo. Enciendo la tele por curiosear; hace años que no tenía una; no porque no pudiera, sino porque llegó un momento en que me dio tanto asco sus programaciones que la quité de mi vida. Busco canal tras canal y doy con uno de música antigua. Karen entra sin decir nada hasta llegar al sofá, me mira a los ojos y me dice que ha sido maravilloso. Extendiendo la mano la invito a que se tumbe en el sofá. Ella acepta y se echa con delicadeza por mi pierna. Me roba cien besos mientras no para de mirar el anillo. Es como una niña pequeña el día de Santa Claus.

Karen: ¿Has pensado cómo te gustaría que fuese la boda?

Yo: La verdad es que no, pero, ahora que lo dices, no estaría mal en casa de tus abuelos.

Karen: Sería maravilloso.

Yo: Pues ya tenemos sitio. De la decoración se pueden encargar Rouse y Rick, y del banquete Jacob y Helen.

Karen: Para no tenerlo pensado, lo tienes claro.

Sonríe.

Yo: Soy bueno improvisando.

Karen: ¿Y yo de qué me encargo?

Yo: De hacer la lista de invitados.

Karen: ¿Tú a quién vas a invitar?

Yo: Pues supongo que a los mismos que tú. No me queda a nadie.

Karen se queda pensativa.

Yo: Ya lo miraremos, no te preocupes.

Escuchamos la música mientras seguimos comiéndonos a besos y acariciándonos. Sube la temperatura, le desabrocho el vestido y nos dejamos llevar como dos adolescentes. A pesar de tener la pierna inmóvil, nos las apañamos bien para desatar el júbilo entre los dos. Karen ha caído rendida entre mis brazos. Pienso que, cuando nos casemos, me gustaría volver durante unos días al lugar de donde vengo y llevar el ramo de boda a la tumba de mis padres. Es una lástima que no lo puedan ver, pero sé que están orgullosos de mí. Aunque haya tardado tantos años en dar el paso, nunca es tarde para encontrar la felicidad que me ha regalado Karen.

Quizás si hubiese girado a la derecha en vez de a la izquierda,

quizás si hubiese girado a la izquierda en vez de a la derecha,

quizás si hubiese seguido el camino recto,

quizás si no hubiese probado la noche y todos sus desengaños,

quizás si hubiese escuchado a aquellos que me aconsejaron,

quizás si hubiese hablado en vez de mantenerme callado.

Quizás sería otra persona,

quizás sería mejor,

quizás sería peor,

quizás vería diferente el futuro,

quizás viviría otro presente,

quizás el pasado no me hubiese pesado tanto.

Pero ahora no me arrepiento de ninguna de mis decisiones

porque quizás jamás te hubiese encontrado.

<u>Decimoctavo Acto</u>

Han pasado dos semanas desde que le pedí matrimonio a Karen hemos decidido pensar la fecha con calma. Se ha mudado a mi casa, que ahora desborda felicidad. Nos hemos comprado un coche nuevo, tenemos más visitas que alegran nuestras vidas, he empezado la rehabilitación y camino con una muleta. Dicen que dentro de poco la podré dejar. Estoy disfrutando del placer de la vida, intentando posponer la cita que antes ansiaba con la muerte. He decidido beber menos y he colocado en una vitrina mi vaso resquebrajado junto a una botella de Bourbon. Solo tengo una espina clavada, y es que echo de menos a Piti. Alfred no me ha dicho mucho más desde las ultimas noticias. He decidido agrandar la familia y voy a comprar una yegua para que Williams tenga una compañera, igual que haré con Jota, Sky y Kiki. Hoy viajo con Albert a una isla cercana, donde él conoce a unos ganaderos.

Karen me acerca al puerto, donde me espera Albert, que está con Jacob, Rick y Alfred. Nos bajamos del coche y me pregunto qué hacen todos aquí. Karen los saluda y se gira hacia a mí para darme un beso de despedida. Antes de irse, les dice que me quiere de vuelta de una pieza y yo no entiendo nada.

Yo: Albert, ¿vienen con nosotros?

Albert: Cómo se lo iban a perder.

Rick: ¿Esperabas que te íbamos a dejar solo con Albert?

Yo: Alfred, ¿usted también viene?

Alfred: Alguien tendrá que poner orden.

Yo: No entiendo nada.

Rick: Ahora lo entenderás.

Jacob saca de una bolsa con camisetas donde hay estampada una foto mía.

Yo: Cabrones, me las habéis colado. ¿Desde cuándo lo habíais planeado?

Jacob: Al día siguiente de que te declararas, Rick empezó a prepararlo. Cuando le dijiste a Albert lo de los animales, nos lo pusiste en bandeja.

Mientras todos se ríen, me resigno. Antes, estos jaleos los solía montar yo, ahora me toca pagar por ellos.

Albert: Pero esto no sería una despedida si no llevases un disfraz.

Yo: ¿De verdad me vais a disfrazar?

Albert: Pues claro que sí.

Me llevan a un barco, donde espera un capitán. Abren unas cervezas y todos están con el cachondeo del disfraz de preso. Me atan una bola de plástico al tobillo de la pierna buena, donde está escrito «matrimonio», y un pequeño cartel al cuello, donde pone «preso de amor». Los demás llevan las camisetas con una foto mía y un «abandona la soltería». Les pregunto a dónde vamos y me contestan que es sorpresa. Bajamos del barco y me llevan al muelle donde suelen estar los turistas. Alfred me esposa a una barandilla y deja un sombrero a mis pies con un letrero donde está escrito «limosna para pagar mi boda». Cuando llega el ferri de turistas, parezco una atracción. Todos me miran, se hacen fotos conmigo y echan dinero en el sombrero. Mis amigos no dejan de grabarme en vídeo y me gritan que me han encontrado trabajo como atracción turística. Aguanto con una sonrisa mientras me cantan y brindan por mí con cerveza.

Media hora después, me llevan al barco, que zarpa de puerto sin yo saber el rumbo. Empezamos a beber mientras hablamos de la vida de cómo cada uno llegó a la isla. Son historias interesantes, algunas similares a la mía. Tienen mucho en común conmigo. Después de tres horas navegando, llegamos a la capital de las islas, donde estuve hace años, antes de calar en la tranquilidad de donde vivo. Recuerdo haber disfrutado de sus noches en burdeles, así que ya sé qué me espera.

Empezamos cogiendo fuerzas en un restaurante donde cocinan una carne a la brasa muy buena, según comenta Albert. Nos vamos de bares y nos tomamos unos chupitos en cada uno. Cuando el alcohol empieza a hacer efecto, me quieren llevar a hacer *puenting*. Rechazo esa opción, pues no tengo la pierna como para hacer el burro, pero ellos insisten y me llevan hasta allí, con una botella de ron que han comprado. Por cada «no» que diga, tendré que beber un trago. Creo que la botella se vaciará rápido. Acepto hacer *puenting*. Su euforia me ha contagiado, combinada con el alcohol que hemos tomado. Mientras me preparan para saltar, mis amigos me preguntan con la intención de que diga que no. Cada vez que mi contestación es negativa, ellos me cantan «trago, trago, trago» hasta que bebo de la botella de ron. Cuando estoy listo, me sientan al borde de un puente muy alto y resoplo, esperando a que me den la orden de salto. La gente me mira, pues un hombre medio borracho disfrazado de preso es la atracción de muchos, que me graban o hacen fotos.

Me dan la orden de que puedo saltar, vuelvo a resoplar mientras me giro hacia los chicos, que me siguen grabando. Me despido con un gesto militar y salto de espaldas. Todo me sube mientras desciendo muy deprisa y no me da tiempo ni de mirar hacia abajo cuando noto el latigazo al frenar la cuerda. Me vuelve a lanzar hacia arriba y parece que estoy volando. Aprecio más lo que me rodea y es fantástico. Vuelvo a descender hasta detenerse la cuerda, me sueltan y regreso con los chicos. Casi se me ha quitado la media borrachera. Cuando me ven aparecer, empiezan a aplaudir. Le quito a Jacob la botella de ron y bebo unos cuantos tragos. Somos un espectáculo y parecemos adolescentes con las hormonas revolucionadas.

Vamos rumbo a un club donde realizan *shows* eróticos. Ellos están más ilusionados que yo, aunque mentiría si dijese que no me apetece. Las mujeres se desnudan en una barra y presencio una actuación de la que solo había escuchado, en el que una mujer realiza un espectáculo con una pelota de pin pon. La borrachera hace mella en algunos y a media tarde decidimos dar por zanjada la despedida. Marchamos hacia el barco y Jacob se acerca a mí.

Jacob: ¿Qué tal la despedida, muchacho?

Yo: Increíble. Muchas gracias por todo.

Jacob: No tienes que darlas. Solo esperamos que cuides bien de Karen. Para nosotros, es de la familia.

Yo: No dudes que lo haré.

Jacob: Estoy tranquilo porque, si no lo haces, Alfred te pondrá entre rejas.

Alfred: Ya te digo.

Llegamos a la playa, donde el capitán nos espera en el barco. Les doy las gracias por la fabulosa despedida y Albert rompe el momento emotivo diciendo que lo han hecho por ellos, que tenían ganas de juerga y que yo he sido su excusa. Nos echamos la última foto y subimos al barco, rumbo a casa. Todos caen dormidos salvo Rick y yo, que nos quedamos hablando.

Yo: Rick, ¿cuánto llevas casado con Rouse?

Rick: Ya ni me acuerdo (se ríe). Nos casamos muy jóvenes y ella ha sido el único amor de mi vida.

Yo: ¿Y cómo es estar casado?

Rick: Toda una aventura que decides compartir con sus buenos y malos momentos, pero que repetiría una y otra vez. ¿Por qué me lo preguntas?

Yo: Curiosidad o saber qué me espera.

Rick: Para mí, fue mi mejor decisión.

Yo: Yo creo que también va a ser la mía

Llegamos a puerto mientras la resaca nos abraza, nos despedimos del capitán y nos dirigimos al coche de Albert. Los invito a cerrar la noche con una barbacoa en mi casa y aceptan. Cuando estamos girando en la entrada del camino a mi terreno, observo unos cuantos coches aparcados. Karen y sus amigas están de fiesta. Al vernos, ella sale a nuestro encuentro.

Karen: ¿Qué tal te ha ido?

Yo: Qué mala eres, lo sabías todo.

Karen: Pues claro que sí. Pero ¿te has divertido?

Yo: ¿Acaso lo dudas? Si he hecho hasta *puenting*.

Karen: ¿De verdad?

Yo: Ya te enseñará Albert el vídeo. ¿Y a ti qué tal te ha ido?

Karen: Genial. Hemos pasado un día maravilloso. Las chicas me han hecho unos cuantos regalos.

Yo: Mira que bien, ella recibiendo regalos mientas a mí me hacían saltar por un puente. ¿Y se puede saber lo que te han regalado o es un secreto?

Karen: Pues un vestido precioso que no puedes ver junto a unos complementos que ya verás en su momento.

Yo: Ansío que llegue ese día.

Nos tomamos unos minutos para los dos entre besos y abrazos. Se han convertido en la calma de la tormenta, donde que me refugiaré. Cada día que pasa la amo más. Karen rompe el momento diciendo que tiene una sorpresa para mí. Llama a las chicas para que la ayuden y me hacen sentarme mientras colocan un biombo delante de mí. Alfred vuelve a sacar las esposas y me las coloca con las manos a la espalda. Comienza a sonar una canción sensual mientras Karen aparece de detrás del biombo, disfrazada de enfermera picarona. Empieza a bailar subida de tono frente a mí mientras se arma la jarana entre risas y aplausos. Yo no aparto la vista de Karen mientras continúan los gestos picarones y coloca la pierna entre las mías mientras se rozan nuestros cuerpos. Si no hubiese gente, ya me hubiese abalanzado sobre ella.

Cuando acaba el *show*, me traen un papel doblado, donde Karen dice que tengo que firmar. Alfred me quita las esposas e intento leer el papel, pero no me dejan. Firmo sin más, esperando la siguiente broma que me vayan a gastar. Karen me coloca una venda en los ojos y se hace el silencio. Escucho unos pasos, y alguien se sube en mis piernas y me lame la cara. Me quito la venda. Es Piti. Un torrente de sentimientos me recorre el cuerpo y no puedo evitar llorar mientras la abrazo. Vuelvo a ver a mi pequeño ángel. Karen me dice que se la tienen que llevar, pero que puedo pasar unos días más con ella. Abrazo a Karen y le doy las gracias mientras acaricio a Piti. Me levanto de la silla y abrazo a los chicos por formar parte de la alegría que me han devuelto con sus gestos y detalles.

Yo: Karen, ¿cuándo se irá Piti?

Karen: Cuando tú decidas.

Yo: ¿Cómo?

Karen: Es mi regalo de boda.

Yo: No entiendo nada.

Karen: El papel que has firmado hace que Piti sea tuya.

Yo: ¿Qué?

Karen: Cogí el número de teléfono que te dio Alfred y estuve hablando con la familia de Piti. Les pregunté qué iban a hacer con ella y me comentaron que no lo tenían muy claro porque vivían en un piso del centro de una ciudad. Les propuse un trato.

Yo: ¿Qué tipo de trato?

Karen: Que siempre que quisieran venir de vacaciones, tendrían mi casa para ellos.

Yo: No sé cómo darte las gracias.

Karen: ¿Qué tal si empiezas por un beso?

La abrazo con fuerza y la beso. Era el mejor regalo que me podía hacer. Mis dos ángeles están de nuevo conmigo. No me creo que todo sea tan bonito. A veces pienso en cuándo vendrá lo malo, aunque disfruto el momento junto a todos. Hacía mucho tiempo que no me sentía así. Seguimos festejando el gran día, cenamos, bebemos, muchos hasta caer exhaustos. Yo solo miro a Karen y doy gracias al destino del azar por quitarme la venda para que pudiera verla.

Es tarde cuando nos quedamos a solas los tres. Converso con Karen sobre los preparativos del enlace y me dice que las damas de honor ya tienen el traje y que Rouse será quien la lleve al altar. Me pregunta por mi padrino. Todavía no lo he pensado, pero supongo que serán Jacob o Alfred, o lo echaré a suerte. Karen se retira a la cama y yo me quedo en la mecedora, contemplando la noche junto a Piti. Paseo con ella para ver si me entra sueño. Piti me mira y me recuerda a alguien muy especial; esa mirada que el tiempo separó en momentos intercalados de mi vida para volvernos a juntar. Ella fue la primera de todas, mi primer te quiero, mi primer beso, la primera persona que me enseñó la palabra amor.

Todo empezó cuando yo era un niño que veraneaba en el pueblo de mis abuelos. Me dedicaba a jugar, seguía conquistando princesas de los castillos, sin más prejuicios de los que pueda tener un niño. Era un juego que se me daba bien jugar. Casi a finales de verano, llegaban las fiestas del pueblo y montaban un ferial; pura diversión para nuestra edad. En esos festejos la conocí. No fue como las demás princesas que andaba rescatando. La vi pasar y me quedé inmóvil. Fue una paloma que voló a mi lado y, por primera vez, el corazón se quedó encogido, murmurando algo que nunca me había dicho. No tengo palabras para describir aquello que me pilló por sorpresa.

Solo conseguí su nombre, pero estaba seguro de que esa niña sería mía. El resto de las fiestas estuve detrás de ella, pero no conseguí nada, ni un beso en la mejilla, que para mi edad era todo un triunfo. El último día era la procesión de una Virgen y el pueblo se vestía para la ocasión. Yo no era mucho de andar detrás de un paso, pero entre la gente vi a ese ángel. No tenía ojos para nada más y sería la última vez que la vería ese año. Antes de regresar con mis padres, el último día de mis vacaciones, me paseé por un mercadillo donde vi a un hombre vendiendo fotos de las personas que acudieron a la procesión de la Virgen. Me dio por mirar y allí estaba ella. Costaba cien pesetas, que entonces era un buen dinero para un niño. Corrí a casa de mi abuela para pedírselas y ella, al ver mi énfasis, me preguntó para qué eran. Le conté que para una foto que había visto y ella pensó que sería la mía. Cuando me dio el dinero, corrí para que nadie se la llevara y la compré. No sé cómo ocurrió, pero se enteraron varios vecinos hasta llegar a oídos de mi abuela, que me preguntó por qué había comprado esa foto y no la mía. Con la inocencia de un niño, le contesté que ella era la chica que me gustaba. Me marché con la ilusión de volver el verano siguiente. Aunque ese año yo siguiera como en una guerra con mis princesas, compré un marco amarillo para colocar esa foto en la mesita de noche. Cada vez que me fuese a dormir, podría soñar con ella.

Llegó de nuevo el verano y partí para ese pueblo donde un trozo de mi corazón por siempre quedará a su lado. Ese año fue nuestro primer paseo y su primer beso en mi mejilla. Fui muy feliz ese año y los venideros. Siempre llegábamos a primeros de verano y nos marchábamos cuando se acababa. Crecimos y nuestro amor con nosotros hasta llegar a una edad donde las hormonas nos pedían más.

Recuerdo la primera vez que junté los labios contra otros y fue con los de ella. Era una tarde donde el sol ya se ponía y, aunque los dos sabíamos que ese momento iba a llegar, no lo forzamos, surgió espontáneo. El cruce de una mirada de dos enamorados y el pacto de nuestro primer beso. Nos despedimos con un te quiero. Pero a diferencia de los años anteriores, los venideros ya no regresaría.

El tiempo nos apartó. Alistándome en una revolución de mi cuerpo, repetí curso y conocí a otro amor. Enterré los veranos vividos y los años siguientes fui de flor en flor. Su recuerdo cayó en el olvido. Cuatro años más tarde, unos amigos conocieron a unas chicas de la ciudad, cerca de donde yo veraneaba. Decidí acompañarlos a pesar de tener pareja, que era de mi último curso. Cogí un vuelo diferente al de mis amigos y salí antes para visitar a mis abuelos, con los que iba a pasar un par de días para luego reunirme con mis amigos. Después de visitar a mis abuelos, decidí dar un paseo por aquel maravilloso pueblo, recordando amistades y mi amor que dejé sellado. No llevaba ni cincuenta pasos cuando la volví a ver. Hice detenerse al tiempo para poder observarla todo lo que se me antojase. Desenterré el amor que sentía por ella. Se sorprendió al verme, pero todo fue mágico. Le pedí con picardía que me acompañase a pasear como hacíamos antaño. Cinco minutos después, no me podía separar de ella.

Yo había ido para ocho días y siete los pasé a su lado, hasta que el octavo mis amigos vinieron a buscarme porque al día siguiente nos marchábamos. El último día que estuve junto a ella fue muy duro. No quería marcharme y me regaló una cinta de radio donde sonaba una canción que describía nuestra situación. No teníamos más tiempo y teníamos que decirnos adiós. La despedida fue muy triste, pero, cuando regresé a mi tierra, enterré ese triste sentimiento.

Pasaron diez años y todo evolucionó. Había más medios de contacto que una hoja escrita a lápiz y, a través de uno de ellos, un día volvió aparecer ella. De nuevo, yo me encontraba en medio de una relación, pero fue imposible no querer volver a verla. A la anterior le había sido infiel y a esta la dejé para poder estar con ella. Vino a recogerme al aeropuerto y sellamos nuestros labios. Era un billete de ida y vuelta, pero me sobró tiempo para enredarme con ella. Yo solo trabajaba los fines de semana y cada viernes me encontraba con su mirada triste de despedida. El lunes regresaba y su sonrisa me recibía. Estuvimos un par de meses en esa situación hasta que decidí irme a vivir con ella. Fue maravilloso. Solo discutió una vez, y digo discutió por que fue ella quien me hablaba con un tono elevado, cabreada por algo que ni siquiera recuerdo. Mientras discutía, yo permanecía a unos metros, sentado en un tranquillo de un patio de la casa donde vivíamos. Me encendí un cigarro mientras me llovía su enfado. Ante mi pasividad para entrar en esa discusión, vino su desquicio. Tuve que frenarla con un abrazo. Ella se echó a llorar y, cuando se tranquilizó, le dije: «Yo jamás discutiré contigo. Si algo te ha sentado mal, solo tienes que hablarlo conmigo, sin formar ningún numerito».

Pasé los mejores momentos de mi vida junto a ella. Recorrimos aventuras, el frío invierno junto a un brasero. Tuve que ir a buscarla al trabajo sin conocer el camino, pero fui puntual, a pesar de perderme y acabar en la cima de una montaña. Nuestra relación podría describirse como perfecta, tanto que tal vez, si yo hubiese encontrado trabajo allí, a día de hoy aún estaría junto a ella.

Pero nuestra perfección fue imperfecta a pesar de querernos a morir. Yo allí no encajaba ni encontraba trabajo, así que decidí que era hora de marcharme. Recogí un legado de años escritos en los muros de aquel pueblo y me los quise llevar a mi tierra. Yo me vine antes que ella para intentar encontrar trabajo. Lo conseguí, aunque nunca llegué a acudir. A pesar de ella tener el billete de avión sacado para vivir en mi tierra, a mi lado, un día antes de coger el vuelo, discutimos por una absurda tontería. Quizás fue una excusa para no venir, quizás fue un error mío el no haberla calmado. La conclusión que saqué fue que las horas que el tiempo nos regaló desde nuestra infancia se quedaron ahí, en la perfecta imperfección de una relación que se acabó.

Aunque no fue nuestro fin. Tuvimos muchos años de amistad pura y nos vimos en unas cuantas ocasiones sin que pasara nada más de lo que dejamos enterrado. Incluso cuando empecé la aventura de viajar sin rumbo, fue a la única que le envié alguna carta escrita como antaño, con un trozo de hoja. Le escribía a mano lo que me iba sucediendo a modo de diario. Pero hace años que dejé de escribirle y enterré en el pasado una bonita historia de amor que el tiempo me regaló cuando fui niño; me convertí en adolescente y me hice un hombre a su lado.

Se nos hace de día cuando Piti y yo volvemos a casa, con los primeros rayos de luz. Sin sueño, me siento en el porche. Karen se ha despertado y ha preparado té. Sale en mi busca.

Karen: ¿Has trasnochado o madrugado?

Yo: Trasnochado. No cojo el sueño.

Karen: ¿Te encuentras bien?

Yo: Sí. Solo he recordado algo de mi pasado.

Karen: ¿Bonito?

Yo: Sí.

Karen: No hablas mucho de tu vida.

Yo: Porque me importa más el presente. Pero solo tienes que preguntar si quieres saber algo

Karen: ¿Qué has recordado?

Yo: Mi primer amor de niño.

Karen: Veo que te dejó señalado si a día de hoy lo recuerdas.

Yo: Me dejarías más señalado tú si ahora desaparecieses.

Karen: No tienes labia tú ni nada.

Le sonrío y le pido que me acompañe a la cama. Cuando nos tumbamos en ella, le digo a Karen que creo que todos mis amores dejaron parte suya en mí y las recuerdo.

Yo: Te repito lo mismo que el día que te pedí que te casaras conmigo. Si no hubiese vivido algo con cada una de ellas, quizás no hubiese llegado a tu lado. Ahora mismo, es lo más feliz que me ha pasado.

Karen me sonríe mientras me acaricia la espalda y, poco a poco, me voy quedando dormido.

Nombrarte es cosa de los recuerdos de mis olvidos, pero no olvido recordar que ganamos al tiempo en la distancia de una foto robada siendo un niño. Una temporada de veranos paseando cogidos de la mano, cuando éramos reflejo de un amor puro. Por un vuelo que cogí y abandoné a unos amigos por quedarme más tiempo junto a ti. La tristeza se presentó para invadirnos en lo que yo pensé que sería un adiós, como decía la canción.

Por diez años después dejarlo todo para volver a los paseos sin palabras y a acecharnos con miradas; por un brasero apagado que calentaba nuestro invierno, tu llanto secado por mi consuelo, mil aventuras de una gitana maldiciendo mi mano, un guitarrista en un bar de antaño, una cuesta de barro, un caballo histérico que domé sentándome a fumar un cigarro en un tranquillo, un vuelo que nunca llegó, mi predicción, una promesa con cuarenta años, una ex que nunca me abandonó, una amiga de por vida.

Durante muchos días me dejé confundir por tu amor. De vez en cuando, utilizaba el olvido en días sombríos para pensar en las brasas apagadas entre cenizas, que me seguirán dando calor por toda una vida. No he dejado de quererte de una forma u otra, y en mi corazón siempre te guardo. El amor que sentí cuando era solo niño no exageraría al decir que lo recordaría incluso viviendo diez vidas más. Fuiste mi primer amor, mi primer te quiero, la primera ladrona en robarme el corazón.

<u>Decimonoveno Acto</u>

Despierto con el ruido de una camioneta. Escucho hablar a Karen con alguien. Me parece que es Albert, aunque no estoy seguro. Me levanto y salgo al porche. Karen y Albert se encuentran junto a una yegua preciosa tricolor, como las que salían en las películas de indios y vaqueros que le gustaban tanto a mi padre.

Albert: Buenos días, dormilón.

Le doy un beso a Karen y le devuelvo el saludo a Albert.

Yo: ¿De dónde ha salido esta preciosidad?

Albert: Este es el regalo de bodas de los chicos.

Yo: Albert, no puedo aceptarlo, ya habéis hecho mucho.

Albert: Sabíamos que lo dirías. (Se ríe).

Yo: Karen, ¿tú lo sabías?

Karen: Esta vez no. Me he quedado igual de sorprendida que tú.

Albert: No te preocupes, que ya no habrá más sorpresas.

Yo: Eso espero. Me habéis regalado más de lo que yo os podré regalar en toda mi vida.

Albert: ¿Me ayudas a descargar?

Yo: Venga, vamos.

Jota y Sky salen a recibir a Albert, reconocen el ruido de la camioneta. Cuando me acerco a la parte de atrás, veo que la rampa esta subida y hay tres grandes jaulas. Me echo las manos a la cabeza y grito: «Albert, ¡no!». Él se ríe mientras empieza descender la rampa del camión. Hay tres cabras junto a una cerda con dos lechones y media docena de gallinas con un gallo.

Albert: ¿No querías tener una granja?

Yo: Claro, pero os habéis pasado con el regalo.

Albert: No te quejes tanto, que para mí es negocio. Si tienes más animales, necesitarás más comida y me la comprarás.

Yo: En eso tienes razón.

Riéndome, le doy un fuerte abrazo y le agradezco, asegurando que este fin de semana tocará barbacoa en casa.

Albert: Bueno, ¿y para cuándo será el enlace? ¿Ya habéis escogido fecha?

Miro a Karen.

Yo: En dos semanas, ¿no?

Karen: ¿Cómo que en dos semanas?

Yo: Pues cuando lo decida Karen.

Karen: ¿Yo? No tienes morro.

Yo: Pues si te he dicho una fecha

Karen: Así, a lo loco.

Yo: Si todo ha sido a lo loco, ¿por qué no también la fecha?

Karen: Pues, en dos semanas, Albert.

Albert nos observa asombrado.

Albert: ¡Sois una caja de sorpresa!

Yo: Vamos, Albert, que tengo que preparar los animales y, por lo que parece, también las invitaciones.

Karen: Crees muy bien. Me voy a preparar los últimos retoques y ahora con prisas.

Aparto a Karen.

Yo: Cariño, si vas estar de los nervios, ponemos otra fecha.
Lo he dicho por decir, porque todo lo tenemos atado.
Karen no me habla y se queda mirándome con cara extrañada.
Karen: Repite lo que me has dicho.
Yo: Si vas estar de los nervios, ponemos otra fecha.
Karen: Antes de eso.
Me paro a pensar en si he dicho algo malo, pero caigo enseguida.
Yo: Cariño.
Me da un besazo.
Karen: Me gusta que me llames así.
Karen se despide y nos deja descargando el ganado. Mis animales están desconcertados, no esperaban tener tanta compañía. Williams mira a la yegua, pero no se acerca mucho. He decidido llamarla India. Sky está encantada con sus nuevas amistades y no paran de corren. Será un alivio para Jota, que se ve encantado con su compañera. Creo que ha sido un flechazo y no se separa de ella. Cuando esté con Karen, seguiremos poniendo nombres a los nuevos inquilinos de la casa.
Al terminar de llevarlos a todos, me despido de Albert y le doy las gracias. Me dice que la semana que viene volverá para traerme pienso para los animales. Es un gran hombre, el que más me ha sorprendido por su carácter reservado. Cuando se abre, es una gran persona.
Me dirijo a la ducha, pero suena el teléfono.

Yo: ¿Diga?

Alfred: Buenas.

Yo: ¿Qué tal estas?

Alfred: Bien, gracias. Tengo una noticia que darte.

Yo: No acepto más regalos, que Albert ya me ha traído el que me habéis hecho entre todos.

Alfred: ¿Te ha gustado?

Yo: ¿Cómo no me iba a gustar?

Alfred: Me alegra, pero no llamo por eso.

Yo: ¿Qué ha pasado?

Alfred: Han encontrado a la familia de la mujer.

Yo: ¿Cuándo?

Alfred: Ayer. Me ha llegado hoy el informe.

Yo: ¿Puedo saber de dónde son?

Alfred: Los han localizado en Portugal. Sus hijos han estado llamando y denunciaron la desaparición de la mujer. Están de camino y tienen que hacerles una prueba de ADN. Es lo único que te puedo decir.

Yo: Gracias por llamarme.

Alfred: No tienes que darlas.

Yo: Si hay algo que pueda hacer, no dudes en pedírmelo.

Alfred: Tranquilo, ya has hecho demasiado. Te tengo que colgar, que debo redactar el papeleo.

Me quedo un poco descolocado y llamo a Karen para contárselo. Me pregunta que si necesita que vaya y le contesto que no, que estoy bien, que ha sido como un desahogo que por fin los hayan localizado.

Me dirijo a la ducha. Me ha tenido intrigado saber quién era esa mujer, aunque, desde que apareció Karen, mi atención ha sido para ella. Quizás ni la conociera o se pareciera alguien. Su familia es de Portugal y que nunca estuve allí ni recuerdo a ninguna portuguesa que haya pasado por mi vida. Le dejo de dar vueltas, pues tenemos que preparar los últimos detalles de la boda.

Llega Karen y me pregunta cómo estoy. Sonriéndole, le contesto que bien, aunque no le niego que tengo curiosidad por saber quién sería esa mujer, pero que eso no cambia nada. Le pregunto cómo van los preparativos de la boda:

Karen: Todo bien. Falta escoger un par de cosas. ¿Quieres que lo hagamos ahora?

Yo: Claro que sí, cariño.

Cada vez que la llamo cariño me mira con un gesto de ternura.

Karen: Pues empecemos por los centros de flores de las mesas. ¿Cómo los quieres?

Yo: ¿Con lirios y rosas te parece bien?

Karen: A mí con que no me dejes plantada ese día todo lo demás me da igual.

Yo: ¿Me ves capaz de hacer eso?

Karen: Que es broma. Me parecen bien los centros.

Yo: Y tendremos que comprar dos ramos iguales, uno para que lo lances y otro que nos llevaremos.

Karen: No voy a lanzar ninguno de los dos. El otro se lo llevaré a mis padres. Me hizo ilusión tu idea.

Yo: Me parece correcto. ¿Qué hay más?

Karen: ¿Las invitaciones?

Yo: ¿A cuántas personas tienes en la lista de invitados?

Karen: Una treintena, más o menos.

Yo: ¿Tantos?

Karen: Claro. Entre mi familia y amigos.

Yo: ¿Cómo lo vamos a montar?

Karen: Le pedí ayuda a Rouse y llevaremos las mesas del bar de Jacob. Las colocaremos en forma de u y nosotros nos sentaremos delante de ellos.

Yo: Me parece bien. Entonces, ¿qué hacemos con las invitaciones?

Karen: Ahora las pediré, aunque los invitados ya lo saben.

Yo: No haría invitaciones, sino un detalle para recordar el día.

Karen: A ver qué te parece el menú: de primero marisco y de segundo cordero o lechona.

Yo: Añadiría entre platos un sorbete de algún sabor.

Karen: Me lo voy apuntar para dárselo a Helen.

Yo: Pero ¿lo va hacer todo Helen?

Karen: No, les hemos pedido a unos cocineros de un hotel que vengan y lo preparen allí mismo.

Yo: Buena idea.

Karen: ¿Luna de miel?

Yo: ¿Europa?

Karen: Sí, me gustaría ir.

Yo: Pero primero mi isla.

Karen: De eso te encargas tú mañana. Me dejo que me sorprendas.

Yo: De acuerdo.

Karen: ¿Y no has mirado tu traje?

Yo: Claro que sí, un bañador con una camiseta de tirantes.

Karen: Te mato. (Se ríe).

Yo: Mañana iré a mirar. ¿Y quién nos va casar?

Karen: Era una sorpresa, pero será Alfred.

Yo: Pero que no traiga las esposas.

Nos reímos mientras permanecemos sentados, abrazándonos en el sofá.

Karen: ¿Te puedo preguntar por tu pasado?

Yo: Claro. ¿Qué quieres saber?

Karen: ¿Por qué te viniste aquí?

Yo: Por pura casualidad.

Karen: No me vale. ¿Qué te empujó a hacerlo?

Yo: Supongo que nada me retenía donde vivía. Estaba cansado de fracasar en el amor y todo eso se fue acumulando hasta que decidí recorrer el mundo sin dirección.

Karen: ¿Cuántas parejas has tenido?

Yo: Esto parece un interrogatorio.

Karen: Si no quieres contestar, no hace falta que lo hagas.

Yo: La curiosidad mató al gato.

Karen: Correré ese riesgo. (Riendo me mira).

Yo: Pues, tendría que pensar.

Karen: No tengo nada más que hacer.

Echo memoria y han sido una cuantas.

Yo: Las veces que amé serán una decena.

Karen: Pues sí que tuviste.

Yo: Tuve las que tuve que tener para tenerte a ti.

Karen: Cómo te las apañas para siempre acabar bien. Ahora entiendo esa decena.

Yo: Al igual fueron menos.

Karen: Ya, ya, ya.

Yo: ¿Quiere saber algo más de mis amores?

Karen: ¿Por qué se acabaron tus relaciones?

Yo: Algunas porque yo no estuve a la altura, otras porque fueron ellas las que no lo estuvieron y un par porque la distancia nos mató.

Karen: ¿Y hay alguna que recuerdes más?

Yo: Cariño, ¿de verdad quieres saber eso?

Karen: ¿Por qué no?

Yo: Pues no tengo ninguna preferida, aunque algunas las guardo con más cariño que otras.

Karen: ¿Y tú no tienes curiosidad por saber de mis relaciones?

Yo: ¿Sabes por qué los ignorantes son felices?

Karen: No sé.

Yo: Porque no necesitan saber de nada. Además, ya me comentaste por encima por qué estabas soltera, así que no quiero saber de tus ex.

Karen: Y no tendrás un hijo perdido por ahí, ¿no?

Yo: Pues no creo, aunque tengo que confesarte que estuve cerca de tenerlo, aunque no lo quiero recordar. Bueno, qué tal si vemos en el pedazo de televisor alguna película y después me acompañas a compararme un traje. ¿O prefieres que vaya en bañador?

Karen: No, no, no, vemos una película y vamos a mirarte un traje, pero yo no puedo verlo.

Yo: Llamaré a Rick, a ver si me puede echar una mano y así te quedarás tranquila.

Empezamos a ver una película, aunque mi mente está dando un paseo por mis olvidos y recuerda a mis ex. Sonrío porque de todas aprendí. Y fuese yo un santo o un diablo, soy quien soy por ser yo mismo. Caigo de sueño.

No fui un santo, pero tampoco un diablo. En ocasiones no estuve a la altura de quien me acompañó, aunque me culparon de muchas lágrimas que pensaban que había abandonado. Si hubiese guardado ese pañuelo, hoy tendría mejor reputación. No niego abrazos que se escurrían entre damas, pues me perdían sus faldas; por desvanecerme como un hielo en alcohol para olvidarlas en las mañanas de resaca, por los incómodos adioses que esquivaba entre las esquinas, buscando calor. Por querer cargar con la culpa de sus acciones, aunque ellas quedaban impunes, disfrazadas del victimismo. Por sonreírles las gracias mientras mi pena se ahorcaba; nadie supo ver más allá de mi disfraz, de una máscara. Por no querer el padecimiento de nadie, tampoco encontré ese hombro donde refugiarme. Por mi carácter más reservado, porque Cupido y yo pactamos no encontramos más, aunque ese pacto se lo llevase el diablo.

Por no arrepentirme jamás de rendirme por un beso, pues siempre aspiré a rozar las nubes, aunque a veces me hundiera en el fondo de un pozo de arenas finas. Por ser como he sido, tormenta que retiene al canalla encadenado en una jaula, o el sol que despeja según la estación que me acompañaba. Por ser yo y no otro, por no cambiar por nada ni nadie, por tener principios y finales. Porque al final tendré que agradecer a mi ex el haber vivido un trozo de mi vida. La endulzaron y amargaron, me enseñaron, me tumbaron, me levantaron. Entendí que en el amor ni se pierde ni se gana, solo se aprende. Me doctoré con la esencia de cada una de ellas.

Karen: Gordo, gordo, venga, ¡despierta!

Yo: Nos quedamos dormidos.

Karen: Y tan dormidos. Que ya está atardeciendo y ni hemos comido.

Yo: Con tantos días de juerga, es normal.

Karen: En un rato vuelvo. Tengo que ir a la tienda a mirar el género y hacer el pedido, que la chica está sola.

Yo: Espera, que te acompaño. Así me doy una vuelta por el pueblo.

Karen: ¿A dónde vas a ir?

Yo: Al cementerio. Quiero retirar las flores secas para que, cuando vengan los familiares, la vean curiosa.

Karen: ¿Quieres que llame a Rouse para que prepare dos ramitos de flores?

Yo: Venga, de acuerdo.

Me visto mientras escucho a Karen hablar con Rouse y con la chica que tiene contratada. Karen me dice que me espera en el coche y le pido que monte a Piti. Cuando salgo, están las dos subidas, esperándome. Ponemos rumbo al pueblo y, una vez llegamos, Karen me deja cerca del cementerio. Me dirijo hacia allí y limpio las flores secas. Piti se echa encima de la tumba. Me pone la piel de gallina. No me deja de asombrar la fidelidad de los animales. Me siento a su lado y le acaricio la cabeza. Dejo que ella tenga su momento para despedirse de su dueña. Pienso si de verdad la conocía y por qué llevó el lirio azul hasta mi casa. Si ella me conocía, por qué no me dijo nada el día que me vio. Mi mente no ha dejado de intentar montar ese puzle, aunque dentro de poco todo se resolverá.

Piti alza la cabeza y mira hacia la puerta del cementerio. Entran Karen y Rouse con unos ramos de flores. Piti sale a su encuentro y yo me alzo para recibirlas, saludo a Rouse antes de que vaya hacia un grifo para poner los ramos en agua.

Karen: He pensado que así estará más bonita.

Yo: Has escogido lirios.

Karen: Sé que, de alguna forma, esta mujer es importante para ti.

Yo: Mañana ya no estará sola.

Karen: ¿Vendrás a ver a sus familiares?

Yo: No. ¿Debería venir?

Karen: No sé, por si quisieras conocerlos.

Yo: Da lo mismo. Alfred me dirá quién era.

Karen: Lo que tú decidas estará bien, pero sonríe un poco.

La cojo de la mano y la miro a los ojos con una sonrisa.

Yo: Si quieres que sonría, solo tienes que mirarme porque eres la única que me la puedes robar.

Karen: ¡Qué zalamero que eres!

Yo: Bueno, en verdad hay otra que también me la puede robar.

Karen: ¿Y quién es?

Yo: La que está ladrando ahora.

Se echa a reír mientras me recrimina que todavía no he ido a comprar el traje. Le respondo que mañana sin falta iré.

Rouse ha vuelto y coloca los ramos. La tumba se ha quedado bien bonita. Rouse habla con Karen y yo me quedo con Piti más rezagado. Cada tres pasos, Piti gira la cabeza. Creo que tiene esperanza de que su dueña vuelva. Me entristece verla así, puedo sentir su dolor. Nos despedimos de Rouse y ponemos rumbo a casa.

Una vez en la vivienda, preparamos algo ligero para cenar. Ninguno tenemos sueño, así que salimos al porche a tomarnos un trago mientras conversamos.

Karen: Nunca te has quedado a dormir en mi casa.

Yo: Es verdad. Tampoco hemos ido.

Karen: ¿Te gustaría mudarte allí?

Yo: Siendo sincero, preferiría que viviéramos como hasta ahora, pero si tú no estás a gusto aquí, podemos intentarlo.

Karen: No, no es eso. Como me abriste las puertas de tu casa, yo quiero abrirte las mías.

Yo: ¿Cómo?, ¿que te quieres abrir, aquí y ahora?

Karen: No seas bobo.

Yo: Tranquila, que te he entendido. Pero el campo siempre me ha gustado.

Karen: A mí también. Además, esta casa tiene algo mágico.

Yo: ¿Las vistas?

Karen: No, es el lugar donde te conocí de verdad. Hay que ver qué poco romántico eres cuando quieres.

Yo: Te estaba haciendo rabiar.

Karen: Sí, sí, sí. Ni lo habías pensado.

Yo: ¿Cómo no voy a pensarlo si tengo ese día bien grabado en la memoria? Una cosa. ¿Yo a ti ya te gustaba?

Karen: Hombre, me parecías guapo y ese toque tan reservado me atraía. ¿Y yo a ti?

Yo: Pues, no sé, eras simpática, pero yo no estaba para fijarme en nadie. Lo que sé es que tú has coloreado mi vida.

Karen: Es que nunca supe cómo entrarte. El día del pedido estuve loca de los nervios, pues había decidido venir yo y por eso tardé tanto.

Yo: Qué lista que eres. Lo tenías planeado. (Me río).

Karen: No, pero fue la oportunidad que esperaba. Desde luego, jamás pensé que acabaríamos así.

Yo: Me alegro de que ese día dieras el paso.

Karen: Deberíamos intentar dormir.

Yo: Me acabo la copa y voy a la cama.

Karen: Bueno, pero no lo hagas tarde que luego te cuesta levantarte y no bebas mucho.

Yo: Tranquila, mujer.

Karen: Mañana vas a comprarte el traje y yo iré a sacar los billetes de avión para el viaje.

Yo: Déjalo para después y así vamos los dos.

Karen: De acuerdo. Bueno, voy a la cama.

Se despide de mí con un gran beso. Me deja con mi vaso resquebrajado. Cuántas noches ha pasado conmigo, escuchando viejas anécdotas del pasado. Lo más cercano a una compañía era él. Cuántas veces habré agitado su cuerpo entre el Bourbon y el hielo. Creo que ese vaso lleva resquebrajado desde la primera noche que dormí aquí. Acabé borracho y, en un ataque de locura esporádica, lo lancé al campo. Escuché cómo se golpeaba contra el suelo. Fui a buscarlo porque mi sed no había saciado y, cuando lo volví a coger, vi que se había resquebrajado sin llegarse a romper. Recordé cicatrices que el pasado dejó bajo la piel y me dije que nunca volvería a provocar ninguna cicatriz a nadie. Aunque estuviese borracho, he cumplido esa promesa.

Nada más conocernos, postré mis labios en ti hasta caer embriagado; el elixir que contenías fue echado de mi mano. Esa noche no fui un gran anfitrión y te dejé marcado con la última cicatriz que haría. Desde entonces, te convertiste en un aliado que escuchaba mis batallas del pasado. Has aguantado mi pena, mi soledad, mi melancolía, por eso hoy bebo de ti para celebrar mi alegría, mi felicidad, mi amor. Te guardo mucho cariño porque has sido el único que me has conocido, mi viejo vaso resquebrajado.

Karen abre la mañana despertándome bien temprano. Mientras me ducho, prepara el desayuno. Quiere dejar todo cerrado para nuestro día. Bajamos al pueblo y me deja en el bar de Jacob, con el que converso un rato antes de ir a comprarme el traje. Dando un paseo hasta la tienda, me pregunto si ya habrán llegado los familiares de la mujer. Más tarde llamaré a Alfred por si pudiese contarme algo.

Llego a la tienda y observo el escaparate. Mi mente es un caos y no sé por dónde tirar. Hay tantos trajes que es difícil escoger uno que me marcará de por vida. El dependiente sale a mi rescate y me ofrece su ayuda, que no me vendría mal.

Dependiente: ¿Qué andaba buscando, caballero?

Yo: Me caso en trece días y creo que necesito un traje.

Dependiente: Yo también lo creo o si no, no podrá impresionar a la novia.

Yo: Pues aconséjeme o se va a impresionar al verme en bañador, como me quería presentar.

Dependiente: Eso lo arreglamos en un momento. ¿Tiene algún color pensado?

Yo: Pues no, ninguno.

Dependiente: Le voy a enseñar un esmoquin *skinny* azul marino, a ver qué le parece.

Se marcha hacia la trastienda. Nunca pensé que llegaría este día y siento tristeza al pensar que ojalá lo hubiesen visto mis padres, aunque tampoco se lo creerían. El dependiente regresa.

Dependiente: A ver, caballero, si le gusta este color.

Yo: Sí, es muy bonito.

Dependiente: Es un esmoquin acompañado de un chaleco entallado, un traje muy elegante y perfecto para su ocasión.

Yo: Me encanta.

Dependiente: Me alegro de que le guste. ¿Quiere que busquemos los complementos?

Yo: Sí, por supuesto, tiene un magnifico gusto.

Dependiente: Gracias. Entonces, vamos a ello.

Después de una hora, me miro al espejo, impresionado. Creo que a Karen le gustará el traje. Le falta cogerle mis medidas, pero pasado mañana lo tendré listo. Me despido del dependiente y le doy las gracias por su ayuda. Pongo rumbo hacia el establecimiento de Karen. Las casas del pueblo son antiguas, pero muy bien conservadas, y las calles son estrechas. Esta isla me impregna de felicidad. Cuando estoy llegando a la tienda, Karen mira de lado a lado y parece nerviosa. Cuando me ve, se apresura a venir a mi encuentro.

Yo: ¿Qué pasa, cariño?

Karen: Me ha llamado Alfred y dice que vayamos a tu casa.

Yo: ¿Te ha dicho por qué?

Karen: No.

Yo: ¿Será por Piti?

Karen: No lo sé, pero vamos.

Nos montamos en el coche y tranquilizo un poco a Karen con que, si es por Piti, la verdadera dueña la cambió a mi nombre. Le cuento que ya he ido a por el traje y que pasado mañana lo tendrán listo. Llegamos a casa, donde nos espera Alfred junto al coche patrulla. Dentro hay dos personas.

Yo: ¿Qué ha pasado, Alfred?

Alfred: Esta mañana llegaron los familiares de la mujer y han insistido en conocerte.

Karen: Alfred, me lo podrías haber dicho.

Alfred: Supuse que lo pensarías. Siento si te has asustado.

Yo: No pasa nada.

Alfred: ¿Queréis conocerlos?

Yo: Sí, claro.

Alfred se dirige al coche y una pareja se baja. Conforme se van acercando a nosotros, me fijo en la cara de la chica y mi memoria me traslada al pasado. Pienso que no puede ser, que tiene la misma cara. Ella no aparta la mirada de mí y no parece extrañada por el gesto de asombro que reflejo.

Alfred: Os presento a Audrey, la hija de la fallecida, y a su hijo…

Cuando nombra al chico yo no estoy escuchando. El corazón se acelera por la semejanza de Audrey. No sé si será su hija o si es mi imaginación. Estoy en *shock*. Karen los saluda mientras yo sigo observándolos. Cuando me presento, Audrey me sonríe. No hay duda, es la misma imagen. Ya sé quién era esa mujer. Los invito a sentarse en mi porche y me adelanto para que no vean que mis ojos cristalinos contienen las lágrimas. ¿Cómo me encontró y por qué?

Una vez sentados, nos dan las gracias por todo lo que hicimos por su madre y le quito hierro al asunto diciendo que cualquier otro hubiese hecho lo mismo, pero Audrey me responde que fui yo. Karen frena la conversación, invitándolos a comer. Aceptan, pero Alfred se tiene que marchar. Lo acompaño a su coche.

Alfred: ¿Los conocías?

Yo: La hija tiene la misma cara de una mujer que conocí hace mucho tiempo.

Alfred: ¿Estás bien?

Yo: Estoy confuso. No entiendo cómo me localizó.

Alfred: Quizás haya sido casualidad.

Yo: Tal vez.

Alfred: ¿Quieres que me pase luego?

Yo: Tú siempre estás invitado a mi casa.

Alfred: Bueno, después vendré.

Yo: ¿Llegarás para la comida?

Alfred: No, para después.

Yo: De acuerdo.

Me despido de Alfred y regreso con los invitados. Me siento en la mecedora mientras Karen saca unos refrescos para ellos. Noto la mirada de Audrey clavada en mí y me está poniendo nervioso. Karen rompe el momento preguntando el nombre de su madre. Yo ya lo sé, aunque las palabras de Audrey me lo confirman. Intento buscar una explicación y mi mente trabaja a marcha forzadas para componer el puzle. Karen me pregunta si la conocía y le contesto que no me suena. Audrey me mira extrañada por mi respuesta; el chico está más ausente y mira su teléfono. Evito preguntar por su madre y desvío el tema. Audrey me comenta que ella es abogada y su hermano cocinero, y ambos viven en Portugal. Converso más con Audrey. Karen está pendiente de que nos les falte nada, atenta y hospitalaria. Karen también lanza preguntas sobre su edad. Son mellizos, el hijo está casado y la hija, soltera. Dice que con su trabajo no puede dedicarse a tener una familia. Karen se levanta para ir a cocinar y el hijo se ofrece a ayudarla. Me dejan a solas con Audrey y se hace el silencio entre los dos. Ella mira a Piti, que juega con Sky y sus nuevos amigos.

Audrey: Tiene usted bastante animales.

Yo: Sí, son un regalo de boda.

Audrey: ¿Lleva mucho casado?

Yo: Estoy comprometido con Karen y en menos de diez días nos casaremos.

Audrey: ¡Enhorabuena!

Yo: Muchas gracias. Si seguís por la isla para entonces, estáis invitados.

Audrey: Trataremos de ir si aún seguimos por aquí.

Yo: ¿Dónde os alojáis?

Audrey: Usted conocía a mi madre. ¿Por qué ha mentido?

Me ha dejado descolocado y no sé qué contestar, aunque opto por la verdad.

Yo: La conocía, pero fue hace muchos años. No sé por qué he dicho que no. Además, eres el reflejo de tu madre.

Audrey: Siempre me lo han dicho.

Echa mano a un bolso y rebusca entre unos papeles.

Audrey: Quiero que vea algo.

Me da una foto. Es antigua, pero la recuerdo muy bien. Su madre y yo estábamos en una fiesta y todavía éramos casi desconocidos.

Yo: Era muy guapa. Recuerdo bien ese día, pero jamás pensé que sería ella. ¿Qué hacía por estas islas?

Audrey: Buscándote. Me hablaba mucho de ti. Empecé a buscarte y tus últimos movimientos bancarios marcaron estas islas así que la convencí para que saliera a buscarte. Os visteis antes de su accidente.

Yo: ¿Cómo me encontraste?

Audrey: Soy abogada, tengo algunos contactos. Pero ¿viste a mi madre?

Yo: Solo en dos ocasiones muy breves y jamás caí en que fuese ella.

Audrey: No hacía mucho que le habían detectado un cáncer terminal y estaba muy delgada. Al menos, se fue feliz por haberte visto.

Yo: ¿Por qué estas tan segura?

Audrey: Porque ella solo quería verte. Me habló de ti desde que tengo memoria. En sus historias, siempre te recordaba.

Yo: ¿Y por qué no me dijo nada?

Audrey: No quería influir por si estabas casado o a punto de casarte. Solo quería verte una vez más.

Yo: Qué lástima que no la reconociera.

Audrey: En sus pertenencias, he encontrado una carta con tu nombre.

Yo: ¿Y qué pone?

Audrey: No la he abierto. ¿Quieres hacerlo tú?

Yo: No lo sé. ¿Qué opinas?

La curiosidad me está matando. Después de tanto tiempo, qué querría de mí.

Audrey: Creo que deberías abrirla.

Yo: Lo haré.

Audrey busca de nuevo en el bolso. Por mucho que intente disimular, la ilusión y los nervios se le reflejan en la cara. Dibujando una media sonrisa, me da la carta. En el sobre aparece mi nombre escrito junto a una fecha de hace casi cinco meses, sin dirección. Reconozco la letra, tan suya. El pulso me hace temblar la mano cuando saco la hoja escrita y empiezo a leer.

Hola,

no sé muy bien por dónde empezar. Hoy, por fin, te he encontrado mientras paseaba a mi perra Noah. Sé que ese nombre te gustaba, por eso la llame así. Siento no haberte dicho nada, aunque tuviera que decirte muchísimas cosas. Te he visto apagado, tu mirada no tenía brillo. Sé que te marchaste para buscarte de nuevo, cansado de haberte encontrado en un juego donde nadie ganaba. Lo dejamos en empate, aunque tú pensarás que alguno de los dos había salido victorioso. Tardé tiempo en darme cuenta de que nuestro final pudo ser mejor. Sé que me querías, aunque ya era tarde cuando decidí contarte la verdad. Te habías ido, dejándome dos regalos. Ojalá los conocieras. Son alegría y felicidad juntas, y tienen mucho de ti. Les oculte quién eras tú, aunque siempre les hable de ti.

Me queda muy poco en esta vida y creo que tienen mucho que aprender. No creo que te deje una carga, pero sé que los buscarás. Viven en Portugal, en Oporto, y llevan tu apellido. Te será fácil encontrarlos.

Me despido diciéndote que nunca me olvidé de ti, que siempre hubo un lugar muy grande en mi corazón, donde te llevé. Quizás en otra vida lo hagamos mejor, pero prométeme que volverás a sonreír. No quiero verte triste desde el cielo.

Por siempre tuya.

Acabo de leer la carta e intento comprender sus palabras. Son hijos míos. Las lágrimas brotan sin cesar, empapando mis mejillas. Siento tristeza por no haber podido hablar con ella. Audrey se ha levantado y me ofrece un pañuelo. Espera a que digiera lo leído.

Yo: Tú lo sabías, ¿no?

Audrey: Sí, aunque mi hermano no. Mi madre no me lo pudo ocultar. Siempre me decía que yo tenía tu genio.

Me quedo paralizado. No sé cómo actuar, no sé qué decirle. Estoy en blanco.

Yo: Lo siento, no me esperaba esto.

Audrey: No te preocupes, no hemos venido a pedirte nada ni siquiera que nos llames hijos. Como mi madre, solo te quería ver y saber quién era mi padre. Me disculpo por ella.

Yo: No sabía nada, no tenía la más remota idea de que existierais.

Audrey sonríe y me pide que no me preocupe, que siga como hace diez minutos, aunque ya sea imposible. Me seca las lágrimas y me pide que por favor deje de llorar, que su madre le dijo que, ante todo, yo siempre sonreía y no dejaba que ningún problema frenara mi sonrisa. Trago saliva y me levanto de la silla. Los nervios me pueden. Cojo aire y miro a Audrey. Se acerca y me da un tierno abrazo. Un vuelco de sentimientos me recorre el cuerpo y no puedo describir bien lo que siento, aunque me calma ese tierno abrazo.

Yo: Disculpa, Audrey, jamás me esperé esto.

Audrey: Disimula un poco, porque viene…

Se para el mundo al pronunciar el nombre de su hermano, que es el mismo de mi padre y el que me puso a mí.

Audrey: ¿Estás bien?

Yo: No sabía cómo se llamaba tu hermano.

Audrey: Pues como a ti siempre te hubiese gustado, ¿no?

Yo: Sí. Qué bonito detalle tuvo tu madre.

Audrey: ¿Cómo era mi madre de joven?

Yo: Era una gran chica. Era dulce, era amor, inocente, una diosa, pero tenía carácter. Con los ojos tan bonitos como tú.

Cuando acabo de decir estas últimas palabras, aparece Karen y nos avisa de que ya está la comida, que ha tenido un gran chef de compañero. Karen se aparta y sale de la casa mi hijo. Me da un vuelco el corazón. Se parece a su abuelo. Tiene los ojos claros y el pelo rizado. Es la viva imagen de mi padre. Karen me mira y sabe que pasa algo, aunque dudo que se lo pueda imaginar.

Empezamos a comer mientras yo lanzo preguntas a los invitados de lujo que me acompañan hoy.

Yo: Contadme cómo es vuestra vida por Portugal.

Audrey: Yo básicamente trabajo y no tengo mucho tiempo de nada. Mi hermano y yo nos compramos unas tierras a las afueras de Oporto, y él se encarga de todo. (Se ríe).

Él: Aparte de cuidar la tierra, tengo un negocio montado, un pequeño restaurante. Mi mujer me ayuda a llevarlo, se llama Alessandra. Además, tengo un hijo que se llama como yo. Mi madre me insistió mucho para que le pusiera el mismo nombre.

Audrey: Karen, disculpa, me ha dicho que os vais a casar.

Karen: Sí, en menos de diez días.

Audrey: ¿Y cómo os conocisteis?

Karen: Pues lo tenía visto hace una veintena de años, pero él era un poco ogro.

Yo: No era ogro, era callado.

Audrey y su hermano se echan a reír.

Yo: Me había acostumbrado a vivir solo.

Karen: Que es broma. Era reservado y educado, pero nunca me decidí a hablar con él hasta que pasó lo de vuestra madre.

Él: ¿Y quién se lo pidió a quién?

Yo: Se lo pedí yo, porque si tardó veinte años en hablarme, imagínate en pedirme que nos casáramos. Pasaría un siglo.

Se vuelven a reír.

Karen: Que menos podías hacer, ya que fui la primera en dar el paso.

Yo: Y lo volvería hacer. Karen ha sido un ángel que me ha caído del cielo.

Pasamos la comida conversando y, cuando retiramos la mesa, Audrey me habla a solas en la cocina.

Audrey: Me gustaría que se lo confesaras a mi hermano.

Yo: No sé cómo va a reaccionar. Ni siquiera sé cómo decírselo.

Audrey: Mamá me contaba que siempre sabías qué decir.

Yo: No te prometo nada.

Audrey: Le hará ilusión.

Esquivo a Audrey porque Karen se está acercando y quiero contárselo yo con más calma. Vuelvo al porche, donde él está sentado, mirando mi ganado.

Yo: ¿Te gustan los animales?

Él: Sí. Mi hijo disfrutaría mucho aquí.

Yo: ¿Quieres acompañarme? Tengo que darles de comer.

Él: Claro.

Mientras caminamos, le comento la historia de cómo conseguí a mis animales. Él me recalca que es una bonita isla para vivir y le digo que las puertas de mi casa están abiertas y que Karen tiene otra vivienda en el pueblo, que cuando quieran puede venir en familia. Me lo agradece y me toma la palabra de que algún día volverán.

Yo: ¿Y vuestro padre?

Él: Nunca lo conocí. Se marchó antes de nacer, aunque mi madre siempre habló bien de él. A veces nos contaba anécdotas y que se marchó sin saber de nosotros.

Mientras habla pienso en algo rápido para decirle, pero me quedo mudo. No sé por dónde empezar. Pienso en una cosa que me podría ayudar. Cojo la cartera, la abro y saco una foto que le muestro.

Él: ¿Quién este hombre?

Yo: ¿No te resulta familiar?

Él: Se parece a mí por el pelo y los ojos.

Yo: Sí, es verdad, os parecéis mucho.

Él: ¿Este es mi padre?

Yo: No, pero estaría orgulloso de conocerte.

Él: Entonces, ¿quién es?

Yo: Tu abuelo.

Se frena de golpe, contemplando la foto.

Él: Entonces, ¿tú sabes quién es mi padre?

Me tiembla todo. Intento abrir boca, pero los nervios no me dejan.

Yo: Sé que… sé… sé quién es.

Él: ¿Y quién es?

Yo: Soy yo. Hace mucho tiempo conocí a tu madre, pero nunca supe que estaba embarazada.

Él: ¿Tú eres mi padre? ¿Y cómo lo sabes?

Le enseño la carta que me ha dado Audrey y la foto juntos. Él se queda blanco mientras lee párrafo por párrafo la carta.

Yo: Hoy mismo, tu hermana me ha dado esta carta.

Él: Mi madre te encontró al final. Estuvo mucho tiempo con la idea de salir a buscarte, aunque no me lo dijese. A veces, la escuchaba hablar con Audrey sobre ti.

Yo: No sé qué decir. Me alegra mucho conocerte, pero ahora mismo estoy en *shock*.

Él: Es reciproco. Te he esperado toda mi vida y ahora que te tengo delante, no sé qué preguntarte.

Yo: ¿Qué tal si hacemos como si no hubiese pasado nada y seguimos caminando hasta que asimilemos esto?

Él: ¿Puedo preguntarte algo?

Yo: Claro.

Él: Si hubieses sabido antes de nosotros, ¿qué hubieses hecho?

Yo: Hubiese ido a conoceros. Y te puedo decir que me alegra mucho que estéis aquí.

Seguimos caminando mientras observa la foto de mi padre. El silencio no es incómodo y lo veo ilusionado con la foto.

Él: ¿Cómo era tu padre?

Yo: Un gran hombre. Era muy trabajador y, como tú, también tenía un restaurante.

Él: ¿En serio?

Yo: Sí. Fue toda su vida, aparte de mi madre y yo.

Él: ¿Murió?

Yo: Hace mucho tiempo.

Él: ¿Y por qué te viniste tan lejos?

Yo: Porque donde estaba no me ataba nada y necesitaba irme a un sitio que me diera calma.

Seguimos conversando sobre mí un buen rato hasta que Karen nos llama.

Yo: No se lo digas a Karen.

Él: No te preocupes.

Cuando volvemos, hasta Karen me mira a los ojos. Sé que sabe que tengo que hablar con ella; es lista y me lo nota enseguida en la cara.

Karen: ¿Cómo estás?

Yo: Bien, luego hablamos.

Karen: Es que te notaba raro.

Yo: Tranquila, cariño.

Nos volvemos a sentar en el porche y, mientras esperamos a Alfred, hablamos sobre los detalles de la boda. Los hermanos se quedarán. Me levanto y miro a los ojos a Karen mientras se hace el silencio.

Yo: Habrá que distribuir las mesas del banquete.

Karen: No habrá problema. Podemos sentarlos con Alfred.

Yo: No es una buena ubicación.

Karen: ¿Es que se han molestado con Alfred?

Yo: No, no es eso.

Karen: Entonces, donde quieran.

Yo: Se sentarán a nuestro lado, si no te importa.

Karen se sorprende, como si no entendiera mi decisión. Mis hijos sonríen mientras me miran.

Yo: Como habíamos hablado de que no iba a venir mi familia, ahora me acompañarán dos familiares.

Karen mira a mis hijos.

Karen: ¿Son familia tuya?

Yo: Son mis hijos, aunque no lo he sabido hasta hoy.

Le cuento la historia de la madre de ellos, le muestro la carta y la foto que me ha dado Audrey. Karen se lo ha tomado bien, se levanta y los abraza entre lágrimas mientras los llama angelitos suyos. Me mira a los ojos y no hace falta que me diga que le ha hecho ilusión saber que tenía dos hijos, porque con ella toda palabra sobra. Entra en la casa y vuelve con una botella de champán y cuatro copas. Los muchachos se lo toman con humor. Su madre tenía razón, son muy parecidos a mí. Con su teléfono, Audrey nos echa fotos brindando. Karen se ha ofrecido para sacar algunas donde salgamos los tres. Llamamos a Alfred y le decimos que no hace falta que suba a por los muchachos, que se quedarán en mi casa, pero que sigue invitado a subir. Rechaza la oferta y me comenta que mañana se pasará a vernos.

Llega el atardecer y, durante la cena, los muchachos me preguntan anécdotas mientras ellos me cuentan las suyas. Bebemos unas copas hasta que llega la hora de irnos a dormir. Audrey me pide un beso de buenas noches que me conmueve el alma. Una vez ya en mi cama, pienso en lo que me ha devuelto la vida, lo que siempre deseé, pero por miedo nunca llegué a tener. Tengo cuatro ángeles en la casa: Karen, Audrey, mi hijo y Piti. Pero también sé que tengo un nuevo ángel esperándome en el cielo.

La vida no siempre brilla, pues a veces parece que los días grises no desaparecen. Cuando se vislumbra la felicidad, llenándolo todo de color, el sol no se resiste a brillar. No sé si el destino del azar ha querido que, después de pasar tanta tristeza ahogando mis penas en un vaso resquebrajado, reflejo de mi alma, brote la alegría y me traiga algo que, quizás por miedo, nunca quise descubrir. Ahora tengo cuatro ángeles a mi alrededor y uno más en mi cielo, protegiéndonos. Sé que, cuando me reúna con ella, le daré las gracias en su última aventura: dar su vida llenando la mía. Pero me quedo con la pena de que sus ojos no hubiesen presenciado el momento más feliz de la mía. El destino del azar es caprichoso y sé que algo más me tendrá reservado, pero estaré listo para afrontarlo.

<u>Vigésimo Primer Acto</u>

Me despierto en la habitación acolchada, vacía. La luz tenue de una claraboya es la única compañía en esta sala convertida en mi celda. Envidio la historia que me narra el interno dos mil doce. Desde hace más de diez años, todos los días me cuenta lo mismo. Cuando lo internaron, solo era un chaval que había perdido la cordura y no distinguía la realidad. Aunque esa historia es fruto de su imaginación, ojalá la hubiese vivido.

Desde que llegó, solo me la cuenta a mí, una y otra vez. Yo lo escucho en los ratos donde coincidimos, en el patio de altos muros vigilados ante la atónita mirada de unos guardias de bata blanca. Hay algo que jamás me ha pronunciado en todo este tiempo: su nombre ni el de su padre. Su delirio es su perdición. Yo triplico el tiempo de su estancia, pues llevo muchísimo aquí encerrado, escondiéndome. Desnudo, solo tuve que aporrear la puerta de este manicomio hasta que salió un guardia. No me costó reducirlo a golpes, lo que me ocasionó una gran paliza con graves heridas que me llevarían a la enfermería. Una vez reducido, estuve tres años aislado, maniatado a una silla, sin pronunciar palabra aun a día de hoy, en una celda convertida en mi casa.

No fue la primera vez que busqué un sitio donde esconderme. A lo largo de los siglos, lo he intentado una infinidad de veces, pero siempre hay un amor que logra encontrarme. Maldito ando porque el tiempo, a mis veintisiete años, dejó de correr. Me quedé con el mismo aspecto y una cicatriz añadida en mi costado. Me condené a una vida eterna por intentar salvar a unos ojos que brillan en la noche, que me enamoraron una tarde con locura.

Durante siglos, repaso el entresijo de por qué sigo vivo. De vez en cuando, hace que renazca para cruzarla en mi camino, pero, por más que hago, ella siempre acaba desapareciendo y me deja maldito. No soy el único que posee esta condena. En algún lugar del mundo, hay dos personas que cuidan de mí, dos amigos de mi infancia con los que me crié en tiempos muy remotos, cuando la vida no costaba más que un suspiro. El destino del azar nunca ha puesto fecha a nuestro encuentro. Podrán pasar décadas o siglos; cuando a su antojo lo crea conveniente, nos volverá unir para que intente descifrar el entresijo de ese amor.

Ahora solo dejo correr el tiempo, sin pronunciar palabra, solo escuchando. Intento resolver en mi mente este verdadero puzle, entre los muros de esta institución mental, debatiendo con mi mente los pasos que he dado, sin entender por qué estamos malditos, sin saber muy bien qué hacer la próxima vez que vea esos ojos. Por eso me refugio en este recinto sin prisa ninguna. Cuando me llegue la hora, me reencontraré con mis dos viejos amigos y la misteriosa mujer que me robó el corazón, que no ha amado a nadie más a lo largo de los siglos.

Sé que ella tiene que ser la clave de mi destino o quizás, como el interno dos mil doce, mi mente imagina una fantasía y la hace realidad en mi presente. Aquí la realidad se tergiversa y solo el destino de azar me lo confirmará.

Se escuchan pasos por el pasillo y se detienen delante de la puerta de mi celda. Un golpe, dos golpes, tres golpes; tres golpes, dos golpes, un golpe. Resuenan en la puerta, poniéndome en alerta. Ha llegado el momento de mi reencuentro.

Me refugio en una habitación acolchada, entre los muros de un manicomio, escuchando a un interno. Siento envidia por la vida que narra y pienso en la mía. Solo el futuro sin fecha del destino del azar me podrá confirmar cuándo llegará mi amor para resolver el entresijo que nos maldijo por los siglos. Dos amigos me cuidan y están atentos al regreso de quien me robo el corazón.

Un golpe por el tiempo, dos golpes por nuestra historia, tres golpes por tres amigos; tres golpes por lo vivido, dos golpes para despertar, un golpe para anunciar que ha vuelto ella. Esa es nuestra contraseña. Realidad o fantasía el dichoso destino del azar.